Thomas Ziegler
Was geschah mit Angelika H.?

Kriminalroman

BASTEI-LÜBBE-TASCHENBUCH
Bastei-Lübbe-Kriminalroman
Band 19 561

Erste Auflage: Oktober 1991

© Copyright 1991 by
Bastei-Verlag Gustav H. Lübbe GmbH & Co.,
Bergisch Gladbach
All rights reserved
Titelfoto: Mall-Photodesign
Umschlaggestaltung: Dieter Kreuchauff
Satz: KCS GmbH, 2110 Buchholz/Hamburg
Druck und Verarbeitung: Clausen & Bosse, Leck
Printed in Germany
ISBN 3-404-19561-2

Der Preis dieses Bandes versteht sich
einschließlich der gesetzlichen Mehrwertsteuer.

1

Die beiden Männer sahen aus, als wären sie dem billigen Remake eines Laurel-&-Hardy-Films entstiegen, aber im Gegensatz zu ihren Slapstickvorbildern hatten sie ganz und gar nichts Komisches an sich. Der eine, der Große mit dem wüst zernarbten Gesicht und dem Körperbau eines drüsenkranken Gorillas, walzte wie ein Panzer über die Straße, dem niemand verraten hatte, daß der letzte Krieg schon vor fünfzig Jahren verloren worden war, und sein magersüchtiger, käseweißer Begleiter dackelte wie ein verhaltensgestörter Minenspürhund zwei Schritte hinter ihm her, mit einem Gesichtsausdruck, der deutlich verriet, wie sehr er alles Gute, Wahre und Schöne verabscheute.

Keiner von beiden erweckte den Eindruck, als wäre er in der Baumschule über die erste Klasse hinausgekommen, aber sie trugen Anzüge von Boss, Hemden von Lacoste und Socken von Gottweißvonwem, und wenn es etwas gab, das Markesch haßte, dann waren es vorzeitige Baumschulabgänger, die den großen Modemacker heraushängen ließen, aber nicht mal mit Hilfe eines Taschenrechners bis drei zählen konnten.

Sie steuerten direkt auf das *Café Regenbogen* zu, wo Markesch an seinem Tisch unmittelbar vor dem Tresen saß, auf neue Klienten wartete und sich mit einem doppelten Scotch und einer zwei Tage alten Ausgabe des Kölner *Express* die Zeit vertrieb.

Die Schlagzeilen waren so deprimierend wie der Morgen nach einer durchzechten Nacht — *Trabi von Schwerlaster überrollt, Pudel in Gully ertrunken, Schutzgeldmafia jagt Ring-Pizzeria in die Luft* — und Markesch fragte sich ernsthaft, ob er sich die richtige Lektüre zum Aufheitern ausgesucht hatte.

Vielleicht sollte ich lieber meine gesammelten Rechnungen, Mahnungen und Zahlungsbefehle lesen, dachte er. Vielleicht sollte ich sie mit Kommentaren und Fußnoten versehen, ein spritziges Nachwort schreiben und einem renommierten Verlag zur Veröffentlichung anbieten: *Der Malteser Pleitegeier – ein Privatdetektiv packt aus*. Ich könnte auf einen Schlag berühmt und alle Schulden loswerden. Oder es geschieht doch noch ein Wunder und ein Klient kommt herein, mit einem sensationellen Fall und einem dicken Scheck, der all meine Probleme löst.

Es war nur eine vage Hoffnung.

In der letzten Zeit hatte er sich mühsam mit ein paar kleineren Aufträgen über Wasser gehalten, hauptsächlich von eifersüchtigen Ehemännern, die sich die Beschattung ihrer untreuen Frauen ein paar Hunderter kosten ließen, doch jetzt rückte Weihnachten heran, und die eifersüchtigen Ehemänner brauchten jede Mark für das Fest der Liebe und den Skiurlaub inklusive Freundin in Tirol.

Markesch leerte das Glas und signalisierte Archimedes, ihm einen neuen Scotch zu bringen. Der lockenhaarige, schwarzbärtige Grieche, Schwarm aller Studentinnen von der nahegelegenen Universität, hetzte gestreßt von Tisch zu Tisch und nahm die Bestellungen der Gäste entgegen. Das Café war so voll, als hätte Archimedes den Tag der offenen Tür ausgerufen und ein Schild mit der Aufschrift *Getränke frei, alles andere gratis* ans Fenster gehängt.

Dann fiel ihm ein, daß Anfang Dezember das Weihnachtsgeld ausgezahlt wurde und alle die Taschen voller Hundertmarkscheine hatten, und der Gedanke deprimierte ihn noch mehr.

Mürrisch sah er durch das Dickicht der üppig wuchernden Fensterbankpflanzen nach draußen. Laurel und Hardy hatten die Berrenrather Straße inzwischen überquert und dabei einen kilometerlangen Verkehrsstau ausgelöst, doch auch ohne sie wären die Autos nur im Schritttempo vorwärts gekommen. Wie jeden Tag um fünf stand die Stadt dicht vor dem Verkehrsinfarkt, und Markesch war plötzlich froh, daß er es sich als Freiberufler leisten konnte, im *Regenbogen* zu sitzen und Scotch zu trinken, statt sich durch den Feierabendverkehr quälen zu müssen.

Laurel und Hardy blieben vor dem Fenster stehen und stierten ins Café. Der Kleine sagte etwas, und der Große grinste breit über seine verwüstete Visage, als gälte es, für das Guinness-Buch der Rekorde einen neuen Häßlichkeitsrekord aufzustellen. Nach Markeschs Einschätzung hatte er gute Chancen, das Rennen zu machen — noch vor Quasimodo, dem Elefantenmenschen und dem dritten Zombie von rechts in George Romeros *Nacht der lebenden Toten*. Sie gehörten zweifellos nicht zu der Sorte Gäste, die ein auf Stil und gepflegte Gemütlichkeit bedachter Gastronom in seinem Lokal gerne willkommen heißt, aber zum Glück waren alle Tische im Café besetzt.

Markesch drehte sich zu Archimedes um, der hinter den Tresen eilte, gleichzeitig Espressomaschine und Saftpresse bediente, eine Flasche Retsina entkorkte und zwischendurch auch noch Zeit fand, den Scotch vom Regal zu angeln. Als er nach einem Glas griff, hob Markesch gebieterisch die Hand.

»Erspar dir die Mühe. Gib mir gleich die ganze Flasche! Dann bin ich für den Rest des Abends versorgt, und du kannst dich ganz deinen anderen Gästen widmen.«

»*Malaka!*« fluchte der Grieche. »Willst du deine

Gesundheit ruinieren? Und mich gleich dazu? Du hast in diesem Monat schon mehr Whisky getrunken als ein Ire in seinem ganzen Leben, und alles auf Kredit!« Er schob die Flasche über den Tresen. »*Ston diabolo*, ich hoffe nur, du bekommst bald einen neuen Fall, oder ich kann noch vor Weihnachten Konkurs anmelden.«

»Na, das hoffe ich aber auch«, versicherte Markesch und fischte den Scotch vom Tresen. »Wenn das *Regenbogen* dicht macht, verliert die Privatdetektei Markesch das einzige Büro, das sie sich leisten kann, und damit wäre niemand gedient. Dem Scotch am allerwenigsten.«

Mit einem selbstzufriedenen Lächeln wandte er sich vom Tresen ab, und sein Lächeln gefror.

Laurel und Hardy standen in der Tür.

Die Tatsache, daß alle Tische besetzt waren, hatte sie nicht abgeschreckt, und irgendwie hatte Markesch nicht das Gefühl, daß sie nur gekommen waren, um friedlich ein Täßchen Pfefferminztee zu trinken. Der magersüchtige Kleine stemmte die kurzen Arme in die Hüften, wippte auf seinen schätzungsweise fünfzig Zentimeter hohen Plateausohlen und starrte die hübschen Studentinnen am Ecktisch auf eine Weise an, die von Rechts wegen schon genügen sollte, ihn wegen sexueller Nötigung für zwei Jahre hinter Gitter zu bringen. Sein drüsenkranker Gorillafreund grinste derweil mit der Grausamkeit eines irren Kindes, das von seinen irren Eltern einen Satz Folterwerkzeuge zu Weihnachten geschenkt bekommen hat und es kaum erwarten kann, sie auszuprobieren.

Markesch schob die Flasche Scotch an den Rand des Tisches bis zur Fensterbank, wo sie vor einer eventuellen Zuspitzung der Lage sicher war. Er erkannte Ärger, wenn er ihn sah, und die beiden sahen nach mehr Ärger aus, als allen Beteiligten guttun konnte.

Laurel und Hardy marschierten durch das Spalier der Tische zum Tresen. Als sie an Markesch vorbeikamen, schlug eine Duftwolke über ihm zusammen, eine Mischung aus Veilchenparfüm und ranzigem Schweiß. Der magersüchtige Kleine lehnte sich an die Theke, wippte wieder auf seinen Plateausohlen, als wäre er in einem früheren Leben Eintänzer in einer Fischbratküche gewesen, und grinste Markesch frech an.

»Na, Sportsfreund, wie läuft's denn so?«

»Es ist zum Davonlaufen«, knurrte Markesch und schenkte sich einen Whisky ein. »Aber keiner weiß, wohin.«

Der Kleine lachte. Es klang wie das Meckern eines kastrierten Ziegenbocks. »Haste das gehört, Herb?« fragte er und stieß dem Großen seinen spitzen Ellbogen in die Seite. »Der Sportsfreund ist ein echter Komiker. So was trifft man heute nur noch selten.«

Herb grunzte nur und starrte Markesch feindselig an. Offenbar mochte er keine Komiker.

Markesch entschied, daß der Zeitpunkt gekommen war, sich verschärft mit den Nachrichten des Tages zu beschäftigen, und schlug den *Express* auf.

Während er sich ohne rechte Begeisterung in den Artikel über die Schutzgeldmafia und die gesprengte Ring-Pizzeria vertiefte, wandte sich der Kleine an Archimedes.

»Netter Laden, Meister«, meinte er mit unverhohlener Gier in der Stimme. »Floriert ja prächtig, was? Alles gerammelt voll. 'ne echte Goldgrube, oder?«

»Es reicht gerade zum Leben«, sagte Archimedes. »Reich dabei wird nur das Finanzamt.«

»Klar, Meister, klar, die Sprüche kennen wir. Haben wir schon oft gehört. Können wir gar nich' mehr glauben.« Er stimmte wieder sein meckerndes Lachen an.

»Aber ehe wir zum Geschäft kommen, schieben Sie mal zwei Klare rüber, und zwar flott!«

»Tut mir leid«, sagte Archimedes kühl, »aber erstens wird nur an den Tischen serviert und zweitens haben wir keinen Klaren. Vielleicht versuchen Sie's mal in der Spelunke nebenan. Natürlich können Sie auch draußen warten, bis einer der Tische frei wird, aber so, wie's hier aussieht, kann das noch Jahre dauern.«

Markesch grinste hinter seiner Zeitung, doch der magersüchtige Kleine war von Archimedes' Ironie sichtlich überfordert.

»Was soll das heißen, draußen warten?« fragte er aufsässig. »Ich hör' wohl nich' richtig! Wo gibt's denn so was? He, Herb! Haste das gehört, Herb? Schnaps gibt's nich', und überhaupt gibt's nur was an den Tischen, und Tische gibt's momentan auch nich'. Also, ich find' das echt unschön von dem Meister, Herb, echt unschön!«

Herb legte seine tennisschlägergroßen Pranken auf den Tresen und grunzte drohend. »Dä dät jleich ene jekloppt krijje, dä widderliche Schluffe, un dat nit zo knapp, Schorsch!«

Markesch senkte die Zeitung. Sein Gefühl hatte ihn also nicht getrogen; Laurel und Hardy waren auf Krawall aus, und sie steuerten dieses Ziel mit atemberaubendem Tempo an. Und das in meinem Büro! dachte er verärgert. Du liebe Güte, was sollen meine Klienten dazu sagen?

Er machte sich zum Eingreifen bereit, doch als hätte der Kleine es geahnt, lachte er wieder und zog den Großen vom Tresen zurück.

»Nur keine Panik, Meister«, sagte er dreist. »Im Grunde seines Herzens ist Herb 'ne echte Friedenstaube. Stimmt's, Herb? Ich meine, du hast doch nich' wirklich vor, aus dem Meister und seinem schicken Etablissemang Kleinholz zu machen, oder?«

»Enä, Schorsch. Nit us denne Etablissemang. Ävver wann dä Tünnes nit jleich ene Schabau spendiere dät, es hä platt wie ene verdammpte Pannekoche.«

»Das reicht«, sagte Archimedes und griff nach dem Billardstock, der für derartige Notfälle unter der Theke lag. »Ich schlage vor, Sie gehen jetzt, denn wenn Sie jetzt nicht gehen, werden Sie kriechen müssen. *Katalawes*?«

»He, was ist los?« fragte der Kleine in gespieltem Erstaunen. »Was ist das Problem? Kein Schnaps, und dann noch solche Töne? Das find' ich aber echt mies, Meister! Dabei sind wir nur hier, um Ihnen zu helfen. Über Ihrem schicken Etablissemang braut sich nämlich jede Menge Ärger zusammen, stimmt's, Herb?«

»Hä moot zick op et Schlemmste jefaß maache, dä Schluffe«, bestätigte Herb.

»Da hören Sie's, Meister! Stellen Sie sich mal vor, Sie betreten eines Morgens Ihr Etablissemang und das ganze Mobiliar sieht aus, als wäre 'ne Elefantenherde drübergetrampelt! Oder es kommt 'ne Bande mieser Typen rein, die die anständigen Gäste vergraulen, alle Flaschen leersaufen, aber keine müde Mark zahlen, sondern am Ende auch noch die Kasse plündern! So was kommt vor, Meister, so was passiert alle Tage. Oder das Lokal brennt ab! Das ist dann nich' nur unschön, das ist dann echt für'n Arsch, Meister, echt für'n Arsch!«

Markesch starrte den aufgeschlagenen *Express* an, und mit einemmal bekam die Schlagzeile über die Schutzgeldmafia und den Bombenanschlag auf die Ring-Pizzeria eine völlig neue Bedeutung.

»Sehen Sie, Meister«, fuhr der Kleine gut gelaunt fort, »und wo es soviel Schlechtigkeit auf der Welt gibt, da sind die Schutzengel auch nich' weit. Wir haben zwar keine Flügel, aber wer uns engagiert, dem brennt sein schickes Etablissemang garantiert nich' unterm Arsch weg, und das ist doch 'ne echt beruhigende Sache, oder? Betrachten Sie das Ganze einfach als 'ne Art Zusatzversicherung. Für nur zwei Riesen im Monat sind Sie alle Sorgen los..Also, ich find' das wirklich supergut! Sie nich' auch?«

Erwartungsvoll sah er Archimedes an.

Markesch hatte genug gehört. Er faltete den *Express* zusammen, warf ihn auf den Tisch und drehte sich mit seinem Stuhl zum Tresen um. Ein Blick in Archimedes' rot angelaufenes Gesicht genügte, um zu erkennen, daß der Grieche kurz vor einer Explosion stand und nur aus Rücksichtnahme auf die Gäste darauf verzichtete, die beiden dubiosen Versicherungsvertreter mit dem Billardstock aus dem Café zu prügeln.

»Na?« drängte der Kleine. »Was ist, Meister? Überlegen Sie nich' zu lange. Wir haben noch andere Kunden zu bedienen, und Zeit ist Geld. Natürlich, wenn Sie nich' wollen, wollen Sie nich', aber beschweren Sie sich hinterher bloß nich', wenn Ihr schickes Etablissemang plötzlich...«

»Raus!« preßte Archimedes hervor. »Sofort!«

Der Kleine blinzelte. »Wie? Was? Ich hab' mich wohl verhört, oder? Also, ich find' das echt...«

»Der Meister hat ›raus‹ gesagt«, knurrte Markesch. »Also verzieht euch! Oder ihr braucht gleich eine verdammt gute Sterbeversicherung.«

Der Kleine warf ihm einen kalten Blick zu. »Halt's Maul, Sportsfreund. Hier geht's um ernste Sachen. Da sind Komiker nich' gefragt.« Er sah Archimedes wieder an. »Und was Sie angeht, Meister, da kann ich nur...«

»Es reicht, Schrumpfzwerg!« sagte Markesch mit Nachdruck. »Nimm dein Riesenbaby an die Hand und schleich dich nach draußen.«

Diesmal gönnte ihm der Kleine nicht einmal einen kalten Blick. Er stieß seinen Gorillafreund an und sagte: »Mach ihn platt, Herb!«

Herb grunzte zufrieden, als hätte er nur auf diesen Augenblick gewartet, und fuhr mit einer Schnelligkeit herum, die selbst bei einem kleineren, weniger massigen Mann überraschend gewirkt hätte. In der nächsten Sekunde baute er sich vor Markesch auf, monströs, mörderisch, und holte mit einer bowlingkugelgroßen Faust zum Schlag aus.

Markeschs Hand schoß nach vorn und schloß sich wie ein Schraubstock um etwas Weiches, Empfindliches.

Herb gurgelte. Seine Schweinsaugen wurden groß und quollen froschähnlich hervor, sein zernarbtes Gesicht wurde kalkweiß und bekam einen leichten Stich ins Grünliche, seine zum Schlag erhobene Faust fiel schlaff herab.

Er gurgelte wieder.

»Herb?« sagte der Kleine. Es klang leicht irritiert. »Was ist los, Herb?«

»Nicht mehr viel, Schrumpfzwerg«, antwortete Markesch für Herb, der inzwischen auch das Gurgeln eingestellt hatte und nicht wagte, auch nur einen einzigen Muskel zu rühren. »Ich hab' deinen Kumpel an den Eiern, und wenn ihr beide nicht genau das tut, was ich euch sage, dann kann der gute Herb demnächst im Knabenchor singen. Und das«, fügte er mit einem bösen Lächeln hinzu, »wäre doch echt unschön, nicht wahr?«

Herb wimmerte zustimmend. Der Kleine schielte an seinem breiten Rücken vorbei, erkannte, an welch sensibler Stelle Markesch Hand angelegt hatte, und schnappte hörbar nach Luft. »Oh, *Scheiße*...!«

Markesch nickte bedächtig. »Ein treffender Kommentar. Und jetzt verschwindet und laßt euch hier nie wieder sehen, verstanden? Wenn eure häßlichen Visagen hier auch nur im Umkreis von tausend Metern noch mal auftauchen, gibt es auf dieser Welt zwei Eunuchen mehr. Los, Schrumpfzwerg! Du zuerst!«

Der Kleine zögerte, doch als Markesch seinen Druck verstärkte und Herb wieder zu wimmern begann, zuckte er zusammen und wieselte zur Tür. Aus den Augenwinkeln bemerkte Markesch, daß ein paar von den anderen Gästen neugierig zu ihm hinüberblickten, und er hoffte nur, daß sie die Situation nicht mißverstanden. Vor allem im Fall der hübschen Studentinnen wäre dies mehr als bedauerlich.

»Okay, Herb«, sagte er leise. »Du weißt, was du zu tun hast, wenn ich dich loslasse, nicht wahr?«

Herb nickte hastig. Er schwitzte, als wollte er sich vollständig in Flüssigkeit auflösen, um Markeschs gnadenloser Hand zu entkommen.

»Eine falsche Bewegung, und du kannst im Knabenchor den Sopran singen — wenn du weißt, was ich meine.«

Herb wußte es zweifellos nicht, aber er nickte trotzdem.

»Okay — schleich dich.«

Markesch ließ los und sprang im gleichen Moment auf, halb damit rechnend, daß der Gorilla seine guten Vorsätze vergessen und sich rachedürstend auf ihn stürzen würde, doch er hatte die Überzeugungskraft seiner Argumente unterschätzt — Herb schien nichts mehr als eine Soprankarriere im Knabenchor zu fürchten. Verkrümmt, die tennisschlägergroßen Pranken vor den empfindlichsten Teil seines Körpers gepreßt, stolperte er an den Tischen vorbei und durch die Tür, die ihm sein Kumpan fürsorglich aufhielt.

Der Kleine sah noch einmal zu Markesch hinüber und schüttelte haßerfüllt die Faust. »Das wird dir noch leid tun, Sportsfreund!« schrie er. »Dafür machen wir dich *fertig*!«

Die Tür fiel ins Schloß, und alle Blicke richteten sich auf Markesch. Er zuckte die Schultern und lächelte die hübschen Studentinnen an.

»Kein Grund zur Beunruhigung«, sagte er souverän. »Das waren nur zwei Klienten mit dem üblichen Nervenzusammenbruch nach Erhalt meiner Rechnung.«

Zufrieden nahm er wieder Platz, griff nach der Flasche und schenkte sich einen doppelten Whisky ein. Archimedes kam hinter dem Tresen hervor und setzte sich zu ihm an den Tisch. Sein Bart war sorgenvoll gesträubt.

»*Malaka!*« fluchte er. »Diese Bastarde! Diese Parasiten! Zweitausend Mark – für was?«

Markesch nippte am Scotch und wies auf den *Express*. »Vermutlich dafür, daß sie dein Café nicht in die Luft jagen. Wie diese Pizzeria am Ring. Ich fürchte, wir sehen stürmischen Zeiten entgegen. Vielleicht solltest du die Polizei verständigen.«

Der Grieche schnaubte. »Die Polizei! Was kann die Polizei schon ausrichten? Höchstens nichts, und im schlechtesten Fall noch viel weniger. Weißt du, was diese Bastarde mit Luigi gemacht haben? Er wollte auch nicht zahlen, und am nächsten Tag, zur Mittagszeit, als seine Stammgäste zum Essen kamen, saß an jedem Tisch bereits einer dieser sizilianischen Hurensöhne und nukkelte an einer Flasche Mineralwasser. Das war der ganze

Umsatz pro Tisch in drei Stunden — eine Flasche Mineralwasser. Die Stammgäste gingen natürlich wieder. Am Abend das gleiche Bild. Alle Tische von je einem dieser Bastarde besetzt, jeder nur eine Flasche Mineralwasser vor sich, stundenlang die Plätze blockierend. So ging das eine Woche lang. Weißt du, was Luigi in dieser Woche verdient hat?«

Markesch schüttelte den Kopf. »Nein, aber ich schätze, es lag noch unter dem Sozialhilfeniveau.«

»Darauf kannst du Gift nehmen«, bestätigte Archimedes grimmig und stürzte Markeschs Whisky hinunter. »Und das Teuflische an dieser Methode ist — man kann nichts dagegen tun. Schließlich ist es in diesem Land nicht verboten, in einem Lokal nur eine Flasche Mineralwasser zu verzehren. Über kurz oder lang bleiben die Stammgäste fort und man ist ruiniert. Oder man zahlt, und dann ist man über kurz oder lang auch ruiniert. Es bleibt nicht bei der Schutzgebühr. Irgendwann kommen sie auf dich zu und sagen dir, du sollst deine Speisekarte irgendwo in Sizilien drucken lassen. Du zahlst mehr als bei jeder Druckerei in Köln und bekommst dafür einen Haufen Druckfehler. Dann mußt du deine Getränke, dein Fleisch, deine Pasta, einfach alles, bei irgendeinem Großhändler einkaufen, der ebenfalls zur Organisation gehört. Alles zu überhöhten Preisen natürlich, und die Qualität — nun, schweigen wir über die Qualität. Und so geht es weiter und weiter. Sie pressen dich aus. Sie lassen dir gerade soviel, daß es sich eben noch für dich lohnt, und der Großteil des Verdienstes wandert in ihre Taschen.«

Markesch goß das Glas voll. »Klingt deprimierend.«

»*Ston diabolo*, es ist deprimierend!«

»Aber«, sagte Markesch und hob das Glas, »unsere

Freunde von der Schutzgeldmafia haben eins übersehen – das hier ist nicht nur ein Café, es ist außerdem das Büro der Privatdetektei Markesch, und ich zahle kein Schutzgeld. Es verstößt nicht nur gegen meine Prinzipien – ich kann es mir auch nicht leisten.«

»Großartig«, brummte der Grieche. »Ich fürchte nur, das wird diese Hurensöhne nicht überzeugen.« Die Studentinnen am Ecktisch riefen nach ihm, und er stand auf, um die Bestellungen entgegenzunehmen. »Trotzdem, wenn du es schaffst, mein schwerverdientes Geld vor der Schutzgeldmafia zu retten, streiche ich dir alle Schulden. Was hältst du davon?«

»Streich mir alle Schulden und versorge mich ein Jahr lang kostenlos mit Scotch, und die Schutzgeldmafia wird sich an deinem Café alle Zähne ausbeißen.«

»*Malaka!* Allmählich frage ich mich, *wer* hier die Schutzgeldmafia ist!« Archimedes zupfte finster an seinem Bart. »Ein halbes Jahr lang kostenlos Scotch, aber nicht mehr als zwei Flaschen pro Woche – schließlich muß ich an deine Gesundheit denken. Einverstanden?«

»Einverstanden«, grinste Markesch und prostete dem Griechen zu. »*Yamas!*«

Archimedes wandte sich ab, um die hübschen Studentinnen zu bedienen, und Markesch sah hinaus in den verdämmernden Tag. Laurel und Hardy waren verschwunden und zweifellos bereits auf dem Weg zu ihrem sizilianischen Paten, der über ihre Geschichte gar nicht erfreut sein dürfte. Immerhin hatte er ihnen einen neuen Fall zu verdanken, auch wenn das Honorar in Scotch ausgezahlt wurde.

Nun, dachte er, ein Mann in meiner Lage kann nicht wählerisch sein.

»Markesch?« sagte in diesem Moment eine Stimme, die

so rostig klang wie ein alter Nagel, der jahrelang im Wasser gelegen hatte. »Sind Sie dieser Markesch? Der Privatdetektiv?«

Er blickte auf, und sofort wünschte er, es nicht getan zu haben. Wenn die beiden Schutzgelderpresser dem schlechten Remake eines Laurel-&-Hardy-Films entstiegen waren, so stammte der Mann mit der rostigen Stimme aus einem anderen Streifen, Romeros *Nacht der lebenden Toten*, einem dieser wundervollen Zombie-Filme, die Markesch so sehr schätzte, weil er sich nach jedem Kinobesuch sagen konnte, daß es ihm eigentlich doch noch vergleichsweise gut ging. Dünn wie ein Besen, daß der dunkle Anzug aus teurem englischen Tuch schlaff wie eine Fahne bei Windstille an ihm hing, das Gesicht so ausgezehrt und faltig, als wäre alles Fleisch zwischen Haut und Schädelknochen schon vor Jahren weggefastet worden, schief auf einen silberbeschlagenen Spazierstock gestützt, war der Alte eine Erscheinung, die man um Mitternacht auf dem Südfriedhof zu sehen erwartete, aber nicht im *Café Regenbogen*, wo jeder über Dreißig schon als Greis galt. Nur die Augen des alten Mannes hatten der Zeit widerstanden: sie waren grau und glänzend wie polierter Stein und doppelt so hart.

»Ich bin dieser Markesch«, bestätigte Markesch. »Der Privatdetektiv.«

Der Alte rückte einen Stuhl vom Tisch und ließ sich ächzend darauf nieder. Jede Bewegung schien ihm Mühe und Schmerzen zu bereiten, doch die Schmerzen erreichten nur sein Gesicht, nicht seine Augen.

Es war, als wäre die Persönlichkeit hinter diesen Augen vom Körper getrennt, Gast in einer immer mehr zerfallenden Hülle, die nur noch durch reine Willenskraft am Leben erhalten wurde. Und von der modernen Medizin, fügte Markesch in Gedanken hinzu, als der Alte, kaum daß er saß, ein Pillendöschen aus der Tasche zog und Archimedes herrisch mit dem Spazierstock winkte.

»Mineralwasser, junger Mann! Los, bewegen Sie sich, bewegen Sie sich und schlafen Sie unterwegs nicht ein!«

Archimedes brachte das Wasser; der Alte schluckte zwei rosa Pillen und spülte sie mit kleinen Schlucken hinunter.

Markesch nippte an seinem Whisky und wartete.

»Gestatten, Hilling«, sagte der Alte übergangslos und neigte knapp den Kopf. »Anton Hilling, Oberst a. D. Ich brauche Ihre Hilfe. Es geht um meine Enkelin, Angelika Hilling. Sie ist verschwunden. Ich will, daß Sie sie suchen und zurück nach Hause bringen. Geld spielt keine Rolle.« Er warf einen prall gefüllten Briefumschlag auf den Tisch. »Ihr Vorschuß. Sechstausend in bar. Steuerfrei, wenn Sie wollen.« Er lachte, doch sein Lachen ging rasch in ein rasselndes Husten über. »Wenn Sie mehr brauchen, bekommen Sie mehr. Wie ich schon sagte, Geld spielt keine Rolle. Was zählt, ist der Erfolg.«

Markesch nahm den Umschlag und sah flüchtig hinein. Der Anblick der Geldscheine versöhnte ihn auf der Stelle mit Hillings barschem Ton. Und mit diesen Augen, unter deren Blicken er sich wie eine Bakterie unter einem Mikroskop fühlte.

»Zählen Sie nach, junger Mann«, forderte Hilling und klopfte mit dem Spazierstock auf den Boden. »Zählen Sie!«

Markesch steckte den Briefumschlag ein. »Nicht nötig. Ich vertraue Ihnen.«

»Vertrauen ist etwas für Idioten«, sagte der Alte verächtlich. »Aber wie Sie wollen. Sie nehmen den Auftrag an?«

»Ich habe zwar noch einige andere Klienten, doch ich denke, daß ...«

»Vergessen Sie die anderen Klienten. Wenn Sie für mich arbeiten, dann arbeiten Sie nur für mich.« Er klopfte wieder mit dem Spazierstock auf den Boden. »Ich sagte bereits, Geld ist kein Problem. Sie werden noch mehr bekommen. Soviel, wie Sie brauchen. Aber ich erwarte dafür, daß Sie vierundzwanzig Stunden am Tag für mich tätig sind, und das sieben Tage die Woche. Und ich erwarte, daß Sie Erfolg haben – und zwar schnell.«

»Erstens arbeite ich sowieso achtundvierzig Stunden am Tag, und das vierzehn Tage die Woche, und zweitens habe ich das Wort Mißerfolg schon vor Jahren aus meinem Vokabular gestrichen.«

Hilling lachte, hustete, tupfte sich mit einem Seidentaschentuch Speichelflocken von den Lippen. Er atmete schwer. »Ich bin krank, wissen Sie. Die alten Knochen wollen nicht mehr. Ich habe genug Geld, aber was mir fehlt, ist die Zeit. Zeit ist das Kostbarste, was es auf dieser Welt gibt. Aber Sie sind noch zu jung. Sie verstehen das nicht.«

Er versank in brütendes Schweigen.

»Seit wann ist Ihre Enkelin verschwunden?« fragte Markesch sachlich.

»Seit etwa zwei Monaten. Nach einem Streit.« Der Alte kniff die Lippen zusammen. »In der letzten Zeit hatten wir ständig Streit. Die Unvernunft der jungen Leute, wissen Sie, der Leichtsinn, die Flausen ... aber das tut hier nichts zur Sache. Angelika verließ das Haus, und seitdem habe ich nichts mehr von ihr gehört oder gesehen.« Und dann, fast pflichtschuldig, fügte er hinzu: »Ich mache mir Sorgen. Meine Enkelin ist labil, wenn Sie wissen, was ich meine. Was sie braucht, ist Disziplin, eine harte Hand.

Sie hat früher schon ständig Schwierigkeiten gemacht, aber seit dem Tod ihrer Eltern ist es noch schlimmer geworden.«

Bekräftigend klopfte er mit dem Stock auf den Boden.

»Sie war eine Zeitlang in psychiatrischer Behandlung. Bei Doktor Roth. Ein tüchtiger Mann, ein Freund der Familie. Er hat gute Arbeit geleistet. Dachte ich. Aber warum erzähle ich Ihnen das? Es dürfte Ihnen bei der Suche nach meiner Enkelin kaum weiterhelfen.«

»Vielleicht doch«, sagte Markesch. »Lassen Sie mir die Adresse des Arztes hier. Haben Sie irgendwelche Anhaltspunkte, wo sich Ihre Enkelin aufhalten könnte? Bei Freunden, Freundinnen, Verwandten?«

»Ich fürchte, sie ist bei diesen Verrückten, bei diesen Spinnern, die tagsüber für ihren Guru abkassieren und nachts die freie Liebe praktizieren. Ein Sündenbabel. Früher hätte es so etwas nicht gegeben. Früher hätte man mit diesem Gesindel kurzen Prozeß gemacht. Aber heutzutage darf ja jeder Verbrecher frei herumlaufen, während sich die anständigen Menschen nicht mehr aus dem Haus trauen. Statt Zucht und Ordnung herrschen Unzucht und Anarchie, und die größten Lumpen...«

»Lassen wir doch mal für einen Moment den Untergang des Abendlandes aus dem Spiel«, unterbrach Markesch liebenswürdig. »Welche Spinner meinen Sie?«

»Wen soll ich schon meinen? Die... wie heißen sie noch gleich? Sanyiten, nicht wahr? Köln ist voll von diesem Pack. Man sieht sie fast an jeder Straßenecke. Sie lungern herum und lauern auf Opfer. Und die Polizei sieht tatenlos zu. Es ist ein Skandal!«

»Sie glauben also, daß sich Ihre Enkelin den Sanyiten angeschlossen hat?«

Hilling funkelte ihn an. »Hören Sie nicht richtig zu?

Von anschließen kann keine Rede sein. Ich sagte doch, daß Angelika labil ist. Überspannt. Genau wie ihre Mutter. Leichte Beute für diese Rattenfänger. Ich wage mir gar nicht vorzustellen, was sie dem armen Kind angetan haben. Also, Markesch, holen Sie sie da raus! Je schneller, desto besser, verstanden?«

Markesch seufzte. »Ich werde mein Bestes tun. Haben Sie ein Foto von Ihrer Enkelin dabei?«

»Natürlich.« Hilling zog ein Bild aus der Tasche und schob es über den Tisch. »Es wurde vor einem halben Jahr aufgenommen. Ihr Haar ist jetzt länger, aber ich denke, es genügt, um sie zu identifizieren.«

Markesch griff nach dem Foto, und erleichtert stellte er fest, daß Angelika Hilling nicht nach ihrem Großvater geschlagen war. Sie war sogar ein ausgesprochen hübsches Mädchen, vielleicht etwas zu dünn, mit einem schmalen, feingeschnittenen Gesicht, das von großen dunklen Augen beherrscht wurde, und einem trotzigen Zug um den Mund. Sie wirkte ganz und gar nicht labil, sondern schien zu der Sorte Frauen zu gehören, die genau wußten, was sie wollten, und keine Mühe hatten, ihren Willen durchzusetzen. Nur die brave, kleinmädchenhafte Pagenfrisur paßte nicht ins Bild, aber wie ihr Großvater bereits gesagt hatte, trug sie ihr Haar jetzt länger.

Wenn es etwas gab, das Markesch an seinem Job liebte, dann waren es Aufträge wie dieser, wo es darum ging, junge, hübsche Frauen aus den Klauen finsterer Mächte zu befreien. Es hob seinen Beruf über die Notwendigkeit des banalen Broterwerbs hinaus; es verlieh dem Ganzen eine nahezu mythologische Dimension.

»Warum grinsen Sie?« fragte Hilling scharf. »Ist irgend etwas mit dem Bild nicht in Ordnung?«

Markesch steckte das Foto ein. »Es hat mit dem Bild

nichts zu tun. Ich mußte gerade nur an meine letzte Steuererklärung denken.«

Der Alte zog verächtlich die Mundwinkel nach unten. Offenbar hatte er keinen Sinn für Humor. »Hier«, sagte er und reichte Markesch eine Visitenkarte. »Ich verlange, daß Sie mich über Ihre Ermittlungen ständig auf dem laufenden halten. Sie können mich zu jeder Tages- und Nachtzeit unter dieser Nummer erreichen.«

»Geben Sie mir noch die Nummer von Angelikas Arzt, diesem Doktor Roth«, bat Markesch. »Für alle Fälle.«

Hilling nannte sie ihm, und er notierte sie auf der Rückseite der Visitenkarte. Nach der Vorwahl zu urteilen, hatte der gute Doktor seine Nervenpraxis irgendwo im Oberbergischen.

»Da ist noch eine Schwierigkeit«, sagte er bedächtig. »Nach dem Foto zu urteilen, ist Ihre Enkelin volljährig.«

»Sie ist dreiundzwanzig«, bestätigte Hilling. »Obwohl sie sich manchmal wie ein kleines Kind benimmt. Und? Worauf wollen Sie hinaus?«

»Wenn ich Ihre Enkelin finde und sie sich weigert, zu Ihnen nach Hause zu kommen, sehe ich keine Möglichkeit...«

Der Alte hämmerte wütend mit dem Spazierstock auf den Boden. »Sie scheinen mich nicht richtig verstanden zu haben, junger Mann. Glauben Sie im Ernst, ich zahle Ihnen einen Vorschuß von sechstausend Mark, nur um den Aufenthaltsort meiner Enkelin zu erfahren, zumal ich mir ziemlich sicher bin, wo sie steckt? Angelika ist in die Fänge dieser Sanyiten geraten. Wahrscheinlich hat man sie einer Gehirnwäsche unterzogen. Wahrscheinlich ist sie völlig willenlos. Wenn sie sich weigert, nach Hause zu kommen, müssen Sie sie eben zwingen. In ihrem eigenen Interesse. Habe ich mich deutlich genug ausgedrückt?«

Markesch zuckte die Schultern. »Wenn es so ist, wie Sie sagen, hole ich Ihre Enkelin da heraus.«

»Es ist so«, nickte der Alte. »Verlassen Sie sich darauf.« Mühsam stand er auf. »In Ordnung. Und beeilen Sie sich. Ich bin ein kranker Mann. Mit etwas Glück bleiben mir noch zwei oder drei Monate zum Leben. Und bevor ich sterbe, möchte ich meine Enkelin wiedersehen. Guten Tag.«

Er wandte sich ab und schlurfte gebückt, schwer auf seinen silberbeschlagenen Spazierstock gestützt, zur Tür. Er wurde bereits erwartet — eine kräftige, untersetzte Frau mit streng nach hinten gekämmten Haaren, die wie die Stammutter aller Krankenschwestern aussah, nahm ihn in Empfang und führte ihn zu einem schweren Mercedes, der so schwarz war, als hätte sich Hilling schon zu Lebzeiten in die Hände eines Bestattungsunternehmers begeben.

Markesch schauderte.

Unwillkürlich dachte er an Sophie, die blutjunge Tageskellnerin des Cafés, die fest davon überzeugt war, daß jeder über Dreißig von Rechts wegen auf den Südfriedhof gehörte, in ein Grab mit der Inschrift: *Endlich allein!*

Sophie hätte an Hilling ihre helle Freude gehabt.

Bestimmt.

Er warf einen Blick auf seine Uhr. Kurz nach sechs. Der Abend hatte gerade erst begonnen. Ihm blieb noch genügend Zeit für ein paar gepflegte Scotch, bis die von den Sanyiten betriebene Diskothek am Ring öffnete und er sich die sechstausend Mark Vorschuß mit ehrlicher Arbeit verdienen konnte.

Er hoffte nur, daß sich Angelika Hilling noch immer in Köln aufhielt und nicht nach Indien ausgeflogen worden war, ins spirituelle Zentrum dieser neuen religiösen Bewegung, um dort auf dem Grab ihres jüngst verstorbenen Gurus zu tanzen und um ein bis zwei Pfund Erleuchtung zu beten. Er konnte ihr nicht nach Indien folgen; er wurde hier gebraucht.

Denn er hatte nicht das Gefühl, daß die Drohung mit dem Knabenchor Laurel und Hardy auf die Dauer abschrecken würde. Eher im Gegenteil. Typen wie diese beiden selbsternannten Schutzengel gaben erst Ruhe, wenn sie bei den anderen Englein waren, oben auf Wolke Nummer zwölf.

Vorausgesetzt, sie kamen überhaupt in den Himmel.

Daran nämlich hatte Markesch echte Zweifel.

2

Die Diskothek *Krishna* lag am Hohenzollernring, dem innersten der vier großen Straßenringe, die in weiten Halbkreisen den alten Kern von Köln umschlossen. Die Stadtplaner hatten viele Millionen harte Deutschmark ausgegeben, um den Ring auszubauen, begrünte Ruhezonen anzulegen und die Straßenbahn in den Untergrund zu verbannen, aber die Bauarbeiten dauerten schon Jahre an und inzwischen glaubte niemand mehr in Köln, daß sie jemals enden würden.

Die Folge war, daß eine Fahrt über den Ring fatale Ähnlichkeit mit einer Geisterbahnfahrt hatte, vor allem am Wochenende, wenn die vergnügungssüchtigen Horden aus dem Umland in die rheinische Metropole einfielen und die Discos, Kneipen und Restaurants besetzten, die sich auf beiden Straßenseiten aneinanderdrängten, als gälte es, der Düsseldorfer Altstadt den Ruf als längste Theke der Welt streitig zu machen.

Markesch hatte gegen acht das *Café Regenbogen* verlassen, seinen rostigen Ford bestiegen und war über die Luxemburger Straße zum Barbarossaplatz gefahren, wo er seine düstersten Ahnungen bestätigt fand. Der Platz war verstopft wie das Herz eines Thrombosepatienten vor der lebensrettenden Operation, die Autos standen Stoßstange an Stoßstange, Schnecken aus Blech, vom kollektiven Wahn gepackt, einen neuen Langsamkeitsrekord aufzustellen, und die Abgase waberten als bläuliche Nebeldecke über der Straße, ein einziges großes Rauchsignal, das SOS der Automobilgesellschaft.

Eingeklemmt zwischen einem Mercedes 280 SL und einem BMW der Oberklasse, die zusammen mehr wert waren, als Markesch je verdienen konnte, brauchte er eine halbe Stunde bis zum Hahnentor. Allein die Tatsache, daß das Parken auf offener Straße den gerechten Zorn der überall aktiven Polizeistreifen erregen würde, hielt ihn davon ab, den Ford stehen zu lassen und zu Fuß zum *Krishna* zu gehen. Notgedrungen vertrieb er sich die Zeit mit der kritischen Beobachtung der Insassen des Mercedes — braungebrannte Aufsteigertypen mit Designerbrillen und Brillantknöpfen im Ohr samt ihren blondierten, bis zur Unkenntlichkeit geschminkten Gespielinnen, die auf dem Rücksitz ihre sündhaft teuren Mailänder Haute-Couture-Modelle zerknitterten.

Obwohl er schon vor Jahren den Verlockungen des Luxus entsagt hatte, kam er sich in seinem rostigen Ford und den abgewetzten C&A-Klamotten aus dem Winterschlußverkauf wie ein Fremdkörper vor. Zum Glück passierte er hinter dem Hahnentor einen giftgrünen Trabi aus Jena, der sich tollkühnerweise auf die Überholspur gewagt hatte und von zwei bulligen Interent-Transportern in die Mitte genommen worden war. Bei den Kellerkindern aus dem armen Teil Deutschlands erregte selbst sein rostiger Ford sichtlichen Neid, und so versöhnt, winkte er ihnen hoheitsvoll zu und bedauerte, keine Bananen dabei zu haben. Die Zonies winkten zurück, doch es wirkte so resigniert, als hätten auch sie den *Express*-Bericht über den unglückseligen Trabi gelesen, für den die Fahrt in den goldenen Westen unter den Doppelreifen eines Schwerlasters geendet hatte.

Endlich tauchte vor ihm das *Krishna* auf, ein Tempel aus Rauchglas und Marmor, vom Neonlicht in schattenlose Helligkeit getaucht, als wäre Erleuchtung keine Frage der Spiritualität, sondern allein der richtigen Wattzahl. Wie an jedem Wochenende war die Disko vom yuppiemäßig herausgeputzten Jungvolk der Domstadt umlagert. Die Schlange der Einlaß begehrenden tanzwütigen Teenager reichte bis auf die Straße, und besorgt fragte sich Markesch, welche Wirkung dieses Bild auf die Zonies aus dem giftgrünen Trabi haben mochte — ein deprimierendes *Déjà vu* an die große Zeit des Sozialismus, der sich in vierzig Jahren erfolgreich zu Tode gesiegt hatte.

Zwanzig Minuten später und drei Seitenstraßen weiter fand er endlich einen Parkplatz, dessen einziger Makel war, daß er im absoluten Halteverbot lag, aber in einer Stadt, wo Parkplätze noch seltener waren als ehrliche Menschen, konnte man nicht wählerisch sein, und Markesch hoffte ohnehin, daß sein Besuch im *Krishna* nicht lange dauern würde.

Die Nacht war frostig und von Böen durchpfiffen, Vorboten der Sturmfront, die für die nächsten Tage angekündigt war, und der Wind stemmte sich ihm beim Aussteigen entgegen, als wäre er eifersüchtig auf jeden, der ihm die Herrschaft über die Straße streitig machte.

Markesch knöpfte seine Nappalederjacke zu, schlug den Kragen hoch und marschierte zurück zum Hohenzollernring und zum Marmorportal des *Krishna*.

Die Diskothek war nicht das einzige Unternehmen, das die Sanyiten zum höheren Ruhm ihres Glaubens betrieben. Zu ihrem spirituellen Imperium gehörten neben dem Meditationszentrum in Ehrenfeld und einem auf Erleuchtung spezialisierten Verlag auch noch so banale Betriebe wie ein Reisebüro und ein Ingenieurkontor. Aber am abschreckendsten waren für Markesch ihre vegetarischen Restaurants, in denen statt Scotch Gemüsesäfte ausgeschenkt wurden, ein deutlicher Beweis für die verheerende Wirkung dieser neuen religiösen Bewegung auf den menschlichen Geist.

Nur — bedeutete dies auch, daß sie neuerdings ihre Anhänger per Gehirnwäsche warben und sie im Meditationszentrum zur freien Liebe und im Reisebüro zur Fronarbeit zwangen, wie Angelika Hillings Großvater glaubte? Wer sich von Gemüsesäften und Körnern ernährte, dem waren fraglos alle Schlechtigkeiten zuzutrauen, und in den letzten Jahren hatte es eine Reihe von häßlichen Zwischenfällen gegeben, die von Psychoterror bis zur Giftmischerei reichten. Doch diese Verirrungen hatten sich auf die amerikanische Niederlassung der Sanyiten beschränkt.

Den Kölner Anhängern des Guru Kundalini Sanyit war dagegen nur ihre gnadenlose Geschäftstüchtigkeit nachzusagen, und das sprach nicht unbedingt gegen sie.

Wahrscheinlicher war, daß es Angelika Hilling im Haus ihres tyrannischen Großvaters nicht mehr ausgehalten und Schutz und Geborgenheit bei den Sanyiten gesucht hatte. Und so, wie Markesch den Oberst a. D. Anton Hilling kennengelernt hatte, konnte er es ihr nicht verdenken.

Aber das änderte nichts an seinem Auftrag.

Der Alte hatte deutlich genug zu verstehen gegeben, daß er sich mit Informationen über den Aufenthaltsort seiner Enkelin nicht zufriedengeben würde. Erst wenn Markesch sie zurück ins großväterliche Heim brachte, konnte er mit einem Erfolgshonorar rechnen, und angesichts seiner desolaten finanziellen Lage war er auf das Erfolgshonorar dringend angewiesen.

Später, dachte Markesch. Zuerst muß ich die junge Dame finden. Und wenn ich sie gefunden habe, wird es mir mit meinem bekannten Fingerspitzengefühl auch gelingen, sie zur Rückkehr zu ihrem liebenden Großvater bewegen.

Er lächelte wölfisch und verschreckte damit zwei Teenager, die auf hohen Stöckelschuhen vor dem *Krishna* auf und ab flanierten und mit ihren Netzstrümpfen und dünnen Seidenkleidchen aller Welt zu verstehen gaben, wieviel Vertrauen sie in den vielbeschworenen Treibhauseffekt hatten. Beide waren blond und blauäugig und leicht beschränkt, wie Markesch bedauernd feststellen mußte.

»Ey, ich faß' es nicht! Die Altersheimbrigade rollt an!«

»Na, Opa, ein letztesmal das Tanzbein schwingen, und dann ab zur Oma in die Grube, was?«

Sie gackerten wie zwei nervenkranke Hühner. Markesch ignorierte sie; er hatte sich inzwischen daran gewöhnt, daß die Teenager der frühen Neunziger ihre Jugend für eine besondere Auszeichnung hielten und das Alter für ein Verbrechen, das nur mit dem Tod gesühnt werden konnte. Sinnlos, sich darüber aufzuregen. Die Zeit arbeitete ohnehin für ihn.

Die Schlange vor dem Eingang hatte sich inzwischen auf ein Dutzend Personen verkürzt, von denen keine älter als zwanzig war. Die Jungen waren so nett, adrett und gepflegt, als wäre das Leben eine einzige Fernsehreklame, und die Mädchen schienen ihre Selbstverwirklichung darin zu finden, wie Mammutausgaben der Barbie-Puppen auszusehen, mit denen sie noch bis zum Sommer gespielt hatten.

Plötzlich war Markesch froh, die Dreißig bereits überschritten zu haben. Die beiden blonden, blauäugigen und leicht beschränkten Teenager irrten; die Jugend war keine Auszeichnung. Im Gegenteil, sie war eine schreckliche Last, die reinste Tyrannei, beherrscht vom Terror der Modezeitschriften und Hitparaden, eine Zeit der Babyspecktragödien und Pickelkatastrophen.

Die Warteschlange rückte vor, und auf dem Höhepunkt seiner philosophischen Überlegungen sah sich Markesch mit dem Kassierer konfrontiert, einem hageren Mittdreißiger, von Kopf bis Fuß in Himmelblau gekleidet und mit jenem ewigen Lächeln auf den Lippen, das bei den Sanyiten als höchste Form der Spiritualität galt, bei Markesch aber nichts weiter als Abscheu und Aggressionen auslöste.

»Ein wunderbarer Abend, nicht wahr?« jubelte der Sanyit und drückte ihm mit schwungvoller Gebärde einen Stempel auf den Handrücken. »So viele glückliche Gesichter!«

»Muß am Stempel liegen«, knurrte Markesch. »Es ist wie bei der Fleischbeschau. Kaum ist der Stempel drauf, schon ist das Schwein glücklich.«

Einen erregenden Moment lang hoffte er, daß die Bemerkung das penetrante Lächeln vom Gesicht seines Gegenübers radieren würde, doch natürlich wurde seine Hoffnung enttäuscht.

»O ja, es ist großartig«, versicherte der Sanyit und stempelte heiter den nächsten Gast ab.

Frustriert stiefelte Markesch an ihm vorbei und in die große, von hämmernder Rap-Musik und blitzenden Stroboskoplichtern erfüllte Halle. Die Tanzfläche war ein wogendes Meer zuckender, schwitzender Leiber, umstellt von einer Reservearmee aus Westentaschen-Travoltas, die es kaum erwarten konnten, in eine frei werdende Lücke zu stoßen und mit der Selbstinszenierung der eigenen Persönlichkeit zu beginnen.

Ein rascher Rundblick überzeugte ihn davon, daß die einzige interessante Erscheinung sein eigenes Spiegelbild war, und so wandte er sich ohne Bedauern der Cocktailbar zu, um seine Ermittlungen aufzunehmen.

Die beiden Frauen hinter der Bar waren so himmelblau

und aufdringlich fröhlich wie alle Sanyiten. Sie mixten die Cocktails im Rhythmus der Rapmusik, strahlten mit den Scheinwerfern um die Wette und jonglierten so ausgelassen mit den Flaschen und Gläsern herum, als gälte es, der ungläubigen Jugend von Köln zu beweisen, daß Arbeit ein großartiger Spaß sein konnte – vorausgesetzt, man hatte einen toten Guru zum Chef. Der Meister selbst hing ihnen als Medaillon um den Hals, ein grinsendes, bärtiges Gesicht, und schien sich noch posthum über die siebenundneunzig Rolls-Royces zu freuen, die ihm seine Anhänger zu Lebzeiten geschenkt hatten.

Markesch konnte ihn verstehen.

Das wäre auch ein Job für mich, sinnierte er, während er sich auf einen Barhocker schwang: Guru einer Bande verrückter Weiber, deren größtes Glück es ist, mir jeden Tag einen Rolls oder einen Ferrari zu schenken. Und Erleuchtung gäbe es satt – soviel, daß sich jede als Diplom-Glühbirne ihr Geld verdienen könnte.

Er winkte einer Sanyitin, einer rothaarigen, sommersprossigen Hexe mit funkelnden Koboldaugen, von der eine derart überwältigende Aura der Glückseligkeit ausging, daß sie Schicksalsschläge geradezu herausforderte. Mit ihren vollen Brüsten und der knackigen Figur war sie genau die Art Anhängerin, die sich Markesch als Guru gewünscht hätte, wäre da nicht dieses heilige Lächeln gewesen, das jeden erotischen Gedanken als Gotteslästerung erscheinen ließ.

Sie tänzelte auf ihn zu. »Ist die Musik nicht fantastisch?« fragte sie schwärmerisch. »Spürst du, wie sie dein Herz öffnet? Spürst du, wie sie deine Seele öffnet?«

»Na, bei mir öffnet sie nicht einmal den Kragenknopf«, meinte Markesch. »Aber in dieser Jahreszeit ist das nicht unbedingt ein Fehler, nicht wahr?«

Er sah sie starr an.

Sie strahlte, als hätte sie ihn soeben zu ihrem Glauben bekehrt, und fragte glücklich: »Was darf ich dir bringen?«

»Einen Scotch«, brummte er enttäuscht. »Ohne Eis, ohne Soda und ohne jede Verzögerung.«

Sie tänzelte davon, das rote Lockenhaar im Takt der hämmernden Musik hin und her werfend, und servierte ihm Sekunden später den Whisky.

»Macht zehn Mark. Wir kassieren direkt. Das ist besser für die Vibrationen.«

»Kann ich mir denken. Bei dem Preis vibriert sofort alles in mir.« Er zog einen Zehnmarkschein hervor und legte ihn auf die Theke. Als sie danach griff, brachte er das Foto von Angelika Hilling zum Vorschein. »Nebenbei, ich suche diese Frau. Kennst du sie?«

Das koboldhafte Funkeln in ihren Augen erlosch. Es war faszinierend; als hätte sie irgendeinen verborgenen Schalter umgelegt. Nur ihr Lächeln blieb von der Veränderung verschont. Fraglos hätte sie auch dann noch gelächelt, wenn er ihr statt des Fotos seine .357er Magnum unter die Nase gehalten hätte.

»Die? Nein, nie gesehen, kenn' ich nicht, kennt hier keiner. Wer soll das sein? Ein Gast? War nie hier, wird wohl auch nie kommen.«

Die Worte kamen so schnell hintereinander von ihren lächelnden Lippen, als befürchtete sie, an ihnen zu ersticken, wenn sie sie zu lange im Mund behielt. Sie war keine besonders gute Lügnerin, aber was ihr an Überzeugungskraft fehlte, machte sie durch Unverfrorenheit wett.

»Du hast sie nie gesehen? Bist du da sicher?«

»So sicher, wie ein Mensch nur sein kann«, behauptete sie.

Aber er spürte, daß sie log. Warum? Weil sie aus Prinzip keine Auskunft über andere Sanyiten gab? Aus religiösen Gründen? Auf Geheiß des toten Meisters? Oder weil der alte Hilling mit seinem Gehirnwäsche- und Fronarbeitverdacht doch nicht so unrecht hatte?

»Also, nee, das versteh' ich nicht, ehrlich nicht«, sagte Markesch mit treuherzigem Blick. »Dabei hat mir mein Schwesterlein doch geschrieben, daß sie seit zwei Monaten bei euch ist! Sie heißt Angelika. Angelika Hilling. Heute hat sie Geburtstag, und ich bin extra aus Ostfriesland nach Köln gekommen, um ihr zu gratulieren. Soll denn alles umsonst gewesen sein? Der ganze Weg vom Wattenmeer zum Rhein — alles umsonst?«

»Das muß schrecklich enttäuschend für dich sein, aber ich kenne keine Angelika Hilling. Sie ist bestimmt keine von uns. Tut mir leid, ich muß mich jetzt um die anderen Gäste...«

»Vielleicht kennt deine Kollegin sie?«

»Ich sagte doch schon, sie ist keine von uns.« Gereiztheit schwang in ihrer Stimme mit, aber sie lächelte und lächelte und lächelte. Es war phänomenal. »Und jetzt entschuldige mich.«

Sie tänzelte davon.

Frustriert stürzte Markesch den Whisky hinunter. Einen Moment lang dachte er daran, die andere Kellnerin zu befragen, doch die rotgelockte Hexe tuschelte bereits mit ihr, und er hatte nicht das Gefühl, daß es bei ihrem Gespräch um Erleuchtung oder Vibrationen ging.

Natürlich mußte dieses nicht bedeuten, daß Angelika Hilling von den Sanyiten gefangengehalten wurde.

Aber was bedeutete es dann?

Mit Sicherheit nichts Gutes, soviel stand fest. Es wurde Zeit, daß er seine Ermittlungen intensivierte.

Markesch rutschte vom Hocker und bahnte sich einen

Weg durch die Massen der alkoholisierten Diskotouristen aus Bergheim und Umgebung, die die Bar belagerten und jede Frau belästigten, die sich in ihre Nähe verirrte. Dabei johlten und grölten sie, als wären sie nicht im *Krishna*, sondern in der Südkurve des Müngersdorfer Stadions, und nicht zum ersten Mal zweifelte Markesch daran, daß der Neandertaler wirklich ausgestorben war.

In einer Ecke sah er einen himmelblau gewandeten Kahlkopf mit geschlossenen Augen und verzücktem Gesicht die Hüften zu George Michaels *I want your Sex* schwingen, und unter skrupellosem Einsatz seiner Ellbögen kämpfte er sich zu ihm durch.

»Ich suche eine Frau«, schrie er dem Kahlkopf ins Ohr.

Der Sanyit öffnete ein Auge und lächelte ihn selig an. »Tun wir das nicht alle? Ist nicht jeder von uns auf der Suche nach der verlorenen weiblichen Hälfte seiner Seele? Aber unseren Seelenpartner werden wir nur finden, wenn wir die Frau in uns entdecken.«

Das Auge schloß sich.

»Sie heißt Angelika Hilling«, fuhr Markesch hartnäckig fort. »Sie muß seit etwa zwei Monaten zu euch gehören. Ihr Großvater sucht sie. Er ist krank. Er will sie vor seinem Tod noch einmal sehen. Ich habe ein Foto von ihr. Vielleicht könntest du . . .«

Das Auge öffnete sich wieder, ignorierte aber das Foto und blickte in irgendwelche fernen Bereiche, von deren Existenz Markesch nichts ahnte und auch nichts ahnen wollte.

»Es gibt keinen Tod. Wir sterben nur, um wiedergeboren zu werden. Also hab Mut!«

Das Auge schloß sich wieder. Markesch wartete, aber es blieb geschlossen. Es war, als hätte der Sanyit seine Gegenwart völlig ausgeblendet, aber vielleicht hatte er ihn auch von Anfang an nicht richtig wahrgenommen, ihn nur für einen Schatten gehalten, der die Sonne seiner ganz privaten Erleuchtung verdunkelte.

Mit einem Fluch wandte sich Markesch ab.

Es wurde Zeit, die Strategie zu ändern. Wahrscheinlich war er einfach zu naiv. Die Sanyiten waren nicht von dieser Welt; man durfte sie nicht wie normale Menschen behandeln. Einfache Fragen waren zu kompliziert für sie, Lügen zu diesseitig, Wahrheiten zu banal. Sie lebten im Elfenbeinturm ihrer selbstgestrickten Transzendenz, und wenn man ihnen beikommen wollte, mußte man sie mit ihren eigenen Waffen schlagen.

Markesch nickte grimmig.

Kein Problem, dachte er. An Transzendenz kann ich es mit jedem dieser himmelblauen Säulenheiligen aufnehmen. So spirituell wie ich ist keiner. Aber hallo!

Entschlossen setzte er seine Suche nach einem himmelblauen Gesprächspartner fort. Das Glück war ihm hold. Nur ein paar Meter weiter stolperte er über eine pummelige, weizenblonde Sanyitin, die im Yogasitz auf dem Boden hockte und über dem Medaillon mit dem Bildnis ihres grinsenden Gurus meditierte, als würde sie dafür im Akkord bezahlt.

Markesch kniete neben ihr nieder. »Kennen wir uns nicht? Vielleicht aus einem früheren Leben? Du erinnerst mich fatal an eine ägyptische Prinzessin, der ich so um das Jahr Tausend vor Christus als Vorkoster gedient habe.«

Das blonde Pummelchen hob erfreut den Kopf. »Tatsächlich? Aber das ist ja wundervoll! So etwas habe ich schon lange vermutet, aber ich mache erst seit ein paar Wochen die Reinkarnationstherapie, und weiter als bis ins Mittelalter bin ich noch nicht gekommen.« Sie streichelte versonnen das Bildnis ihres Gurus. »Im mittelalterlichen Burgund war ich auch eine Prinzessin. Gunhilde mit dem güldenen Haar. Traurigerweise wurde ich mit vierzehn von den Hunnen entführt und an den Khan von Samarkand verkauft. Er war der größte Knoblauchfresser vor dem Herrn... Das erklärt auch«, fügte sie hellsichtig hinzu, »warum ich in diesem Leben keinen Knoblauch mag.«

»Mit den Hunnen ist nicht zu spaßen«, nickte Markesch. »In einem anderen Leben war ich Hofnarr bei Attila. Er fand es besonders komisch, mich barfuß über glühende Kohlen zu jagen. Ich habe noch heute davon Blasen an den Füßen.«

»Das ist Karma«, meinte das Pummelchen weise.

»Da wir gerade von Karma sprechen«, hakte Markesch geschickt ein, »ich suche schon seit Jahr und Tag die verlorene weibliche Hälfte meiner Seele. Ein spiritistisches Medium hat mir nach Rücksprache mit meiner verstorbenen Großmutter offenbart, daß sie in Köln ist, bei euch Sanyiten, und in diesem Leben Angelika Hilling heißt. Kennst du sie zufällig?«

Das Pummelchen schüttelte den Kopf. »Aber das will nichts bedeuten. Jeder Sanyit legt bei der Einweihung seinen alten Namen ab und bekommt einen neuen, seinen wahren Namen. Ich zum Beispiel heiße jetzt Ma Vadenta, was das Ende allen Wissens bedeutet, weil mein Glaube so stark ist, daß ich auf das Wissen getrost verzichten kann.«

»Freut mich für dich. Ich heiße Pa Markesch, und das bedeutet der helle Blonde mit dem großen Durst. Aber vielleicht erkennst du Angelika Hilling oder wie sie sich jetzt auch nennen mag, wenn ich dir ein Foto von ihr zeige.« Er kramte in seinen Taschen. »Es ist von dem weltberühmten japanischen Medium Fujitsu auf der Astralebene geknipst worden. Hat mich ein halbes Vermögen und fünf Jahre meines Lebens gekostet, aber die Liebe ist jedes Opfer wert, stimmt's?«

Ma Vadenta betrachtete mit kindlichem Staunen das Bild. »Na, so was! Also, ich habe schon eine Menge Astralfotos gesehen, aber keins war so scharf wie das! Und wenn das hier nicht Ma Purana ist... Oh, großer Buddha, wie aufregend! Weißt du, was das bedeutet? Das bedeutet, daß sich dein Karma erfüllt, und zwar mit meiner Hilfe! In alle Ewigkeit werden unsere Lebensfäden miteinander verknüpft sein!«

»Das ist ja wirklich super«, sagte Markesch ohne rechten Schwung. »Sie nennt sich jetzt also Ma Purana? Und wo kann ich sie finden?«

Das Pummelchen zuckte die Schultern. »Keine Ahnung. Ich hab' sie schon seit Wochen nicht mehr gesehen. Ich kenne sie auch nur flüchtig — wir haben mal zusammen in der Frauengruppe menstruiert, das ist alles. Aber du könntest im *Restaurant Löwenzahn* nach ihr fragen. Am besten wendest du dich an Bikshu Arupa; der mixt dort die Gemüsesäfte. Ich glaube, er war mit Ma Purana befreundet. Er...«

Sie brach ab. Ihre Augen wurden groß.

»Ich faß es nicht! Was für ein starkes Karma! Da ist er ja! Bikshu Arupa — an der Coktailbar!«

Er folgte ihren Blicken. Ein schlaksiger, dunkelhaariger Sanyit mit Nickelbrille und hohlwangigem Gesicht lehnte an der Cocktailbar und redete mit der rotgelockten Hexe. Als Markesch sich aufrichtete, deutete sie aufgeregt in seine Richtung, und er fuhr sichtlich erschrocken herum. Sein Sanyitlächeln erstarrte zu einer Grimasse, als hätte er nicht einen harmlosen Privatschnüffler, sondern den

Gottseibeiuns persönlich erspäht. Im nächsten Moment floh er Richtung Ausgang und tauchte in der Menge unter. Markesch zögerte nicht länger und rannte los, pflügte quer über die Tanzfläche, daß die Tänzer wie Wassertropfen vor dem Bug eines Schnellboots zur Seite spritzten, und ließ eine Heckwelle wütender Gesichter hinter sich zurück. Zum Glück war die Musik zu laut, als daß er die Drohungen, Schimpfwörter und Beleidigungen verstehen konnte, die ihm nachgebrüllt wurden.

Dann stürmte er durch den Ausgang und hinaus in die frostige Nacht. Die beiden blonden, blauäugigen und leicht beschränkten Teenager flanierten noch immer vor dem *Krishna* auf und ab und lästerten über Gott und die Welt, doch von Biksha Arupa gab es keine Spur.

Es war, als hätte er sich vollständig in Erleuchtung aufgelöst.

»Mistkerl!« fluchte Markesch, hörbar nach Luft schnappend.

Die beiden Teenager warfen ihm besorgte Blicke zu.

»Ey, Tina, ruf den Notarztwagen! Der Gruftie nibbelt ab!«

»Nö, Eva, da hilft kein Notarzt mehr, da hilft nur noch der Totengräber — und selbst das ist fraglich.«

Sie gackerten los. Einen Moment lang war Markesch versucht, die beiden unverschämten Gören zu packen und das ABC des guten Benehmens in sie hineinzuprügeln, doch dann siegte die sanftmütige Hälfte seiner Seele, und er beschränkte sich auf ein Dutzend wüster Morddrohungen, die sie Hals über Kopf davonstöckeln ließen.

Zufrieden schob er die Hände in die Taschen und machte sich auf den Rückweg zu seinem Auto. Der Wind war stärker geworden und schlug ihm wie mit schwammigen Fäusten ins Gesicht. Von den Dächern heulte es wütend herab, wie das Hornsignal zur Wilden Jagd. Er spähte zum schwarzbewölkten Himmel hinauf, der so schwer und tief über der Stadt lastete, als wollte er ganz Köln unter sich begraben. Der Himmel sah nach Aufruhr aus, nach Gewalt, Zerstörung und Mord.

Er hoffte nur, daß es kein Omen war.

Und wenn doch, dann nicht für ihn, sondern für Bikshu Arupa, dem Gemüsesaftmixer vom *Restaurant Löwenzahn*, der nichts mehr zu fürchten schien als die Frage nach dem Verbleib von Ma Purana alias Angelika Hilling.

3

Die ganze Nacht hatte der Sturm wie ein rasendes Tier vor Markeschs Schlafzimmerfenster gebrüllt und geheult und ihn immer wieder aus dem Schlaf geschreckt, und als er am Morgen erwachte, fühlte er sich so alt und krank, wie er wahrscheinlich niemals werden würde.

Er bekämpfte seinen Kater mit der üblichen Mischung aus Schmerztabletten und Überlebenswillen und verzichtete in weiser Voraussicht darauf, sich vor dem Spiegel zu rasieren. Wie schon so oft entschloß er sich, dem Scotch für immer zu entsagen, nur noch Säfte zu trinken und Gesundheitsschuhe zu tragen, doch als die Schmerztabletten zu wirken begannen und sein Kopf wieder klar wurde, vergaß er alle guten Vorsätze und konzentrierte sich auf die dringlichen Probleme.

Und eins davon hieß Bikshu Arupa.

Ein Mann, der sich den Lebensunterhalt mit dem Mixen von Gemüsesäften verdiente, war natürlich schon per definitionem suspekt, aber was ihn höchstverdächtig machte, war seine panikartige Flucht aus dem *Krishna*. Was hatte er zu verbergen? Warum wollte er nicht über Angelika Hilling befragt werden? Er dachte an das, was ihm Ma Vadenta gesagt hatte, und seine Besorgnis nahm zu. Sie hatte Angelika Hilling seit Wochen nicht mehr gesehen. Sicher, dafür konnte es eine harmlose Erklärung geben, doch harmlose Erklärungen waren genau das, was er nicht brauchen konnte.

Markesch streifte seine abgewetzte Lederjacke über und verließ das Haus. Auf der anderen Straßenseite, vor dem Weingeschäft, kehrte eine Frau einen kleinen Berg zerbrochener Dachpfannen zusammen, die der Sturm während der Nacht abgedeckt hatte. Der Morgen war völlig windstill, als hätte das Unwetter eine Atempause eingelegt, um später mit doppelter Kraft erneut zuschlagen zu können, und die Wintersonne war ein kalter, trüber Fleck hinter grauen, zerrissenen Wolkenbänken.

Während er zum *Café Regenbogen* am Ende des Blocks schlurfte, um sich mit einem Frühstück aus Scotch und Toast für die bevorstehende Begegnung mit Bikshu Arupa zu stärken, dachte er mit Wehmut an die Winter seiner Kindheit, die die Bezeichnung Winter noch verdient hatten. Wenn die Kinder von heute zu Weihnachten Schnee und Eis erleben wollten, mußten sie schon in eine Tiefkühltruhe kriechen. Kein Wunder, daß aus ihnen dann neurotische Teenager wurden, die in ihrem Wahn einen gutaussehenden Mann in den besten Jahren für die Vorhut der Seniorenbrigade hielten.

Und als wären seine Gedanken ein geheimes Signal gewesen, möglicherweise sogar auf spirituellem Wege übertragen, trat eine betörend schöne Brünette mit Schlafzimmeraugen und Schmollmund aus dem Café, Sophie, die blutjunge Tageskellnerin des *Regenbogens*, Kehrschaufel und Besen in den Händen und Mordlust im Gesicht.

Markesch blieb abrupt stehen.

Die breite Fensterfront des *Regenbogens* war mit einer häßlichen Sperrholzplatte vernagelt und der Bürgersteig davor war ein einziges Scherbenmeer.

Ihn demonstrativ ignorierend, begann Sophie die Glasscherben aufzufegen. Hinter der Sperrholzplatte erklangen derweil dumpfe griechische Flüche — zweifellos stammten sie von Archimedes, der den Verlust seiner Schaufensterscheibe betrauerte.

»Muß ja ein toller Sturm gewesen sein«, brummte Markesch. »Hi, Sophie. Ich schätze, jetzt ist nicht der richtige Zeitpunkt, dir einen guten Morgen zu wünschen, was?«

Er lachte gutgelaunt.

Sophie warf ihm einen ihrer Killerblicke zu, für die jeder andere freiwillig einen Waffenschein beantragt hätte, und fegte mit der Sturheit eines Panzers weiter.

»Genau darauf habe ich gewartet«, sagte sie zähneknirschend zu den Scherben. »Daß die Toten auferstehen und mir schon am frühen Morgen auf den Geist gehen. Wieso ist das unerlaubte Sichentfernen vom Friedhof eigentlich nicht verboten? So was müßte doch mit sofortiger Feuerbestattung bestraft werden. Asche zu Asche, das wäre was. Und die Urne könnte man sich sparen. Ein Aschenbecher tät's auch – und dann ab zur letzten Ruhe in den nächsten Mülleimer.«

Sie fuchtelte wütend mit dem Besen. Markesch hatte nicht das Gefühl, daß sie großen Wert auf seine Gegenwart legte, und um ihrem Schaffensdrang nicht im Weg zu stehen, schlüpfte er an ihr vorbei und durch die Tür ins Café.

»Du liebe Güte!« sagte er. »Das sieht hier aber gar nicht gut aus!«

Es sah tatsächlich nicht gut aus. Es sah sogar danach aus, als hätten gewisse kriminelle Arschlöcher ihre böse Drohung wahrgemacht und eine Elefantenherde durchs Café getrieben. Tische und Stühle bildeten ein wüstes Gewirr und waren derart beschädigt, daß sie im besten Fall noch als Kaminholz dienen konnten, die Glasregale hinter dem Tresen waren zersplittert, die schwere Espressomaschine lag auf der Seite und sah aus, als hätte jemand sie mit einem Schmiedehammer bearbeitet, und um die Verwüstung perfekt zu machen, waren sämtliche Spirituosenflaschen zertrümmert oder ausgegossen.

Es stank wie in einer Schnapsbrennerei.

Archimedes saß in sich zusammengesunken auf dem Tresen, eine Flasche Ouzo in der Hand, die auf wundersame Weise der Zerstörung entgangen war, und sah mit glasigen Augen ins Leere.

In Markesch stieg die Wut hoch.

»Laurel und Hardy«, zischte er. »Diese Hurensöhne! Diese gottverdammten Bastarde!«

Archimedes hob müde den Kopf. »Welche Freude!« sagte er ohne echte Überzeugungskraft. »Der große Markesch, der Schutzgeist dieser Müllhalde, die einst ein stolzes Café gewesen ist! Tritt ein und trinke einen Schluck mit mir, denn er wird der letzte sein, den du im *Café Regenbogen* genießen kannst. Wir sind im Arsch, *Filos*.«

Markesch watete durch das Meer aus Scherben und hochprozentigem Alkohol, fischte aus den Trümmern einen dreibeinigen Stuhl und ließ sich an der Stelle nieder, an der einst sein Tisch gestanden hatte.

Erschüttert sah er sich um. »Es ist grauenhaft!«

»Es ist das Ende«, sagte der Grieche mit schwerer Zunge. »Ich habe mich schon immer gefragt, wie die Apokalypse aussehen mag. Jetzt weiß ich es. Und ich kann nicht behaupten, daß es mir gefällt.«

»Wann ist es passiert?«

»Irgendwann im Lauf der Nacht. Sie haben die Scheibe eingeschlagen und dann Atomkrieg gespielt. Mit Erfolg, wie du siehst. Die Nachbarn haben entweder nichts gehört oder den Sturm für den Krach verantwortlich gemacht. Erst heute morgen hat jemand das Desaster entdeckt und die Polizei alarmiert, und die hat mich aus dem Bett geholt. *Malaka*!« Er wackelte deprimiert mit dem Kopf. »Ich bin erledigt. Es wird Tage dauern, das Chaos zu beseitigen, und Abertausende kosten. Selbst wenn die

Versicherung den Schaden übernimmt ... Wer ersetzt mir den Umsatzverlust? Wie soll ich überleben? Was soll ich *tun*?«

»Vor allem mußt du die Ruhe bewahren«, rief Markesch. »Okay, diese Bastarde haben uns den Krieg erklärt, also sollen sie ihren Krieg bekommen. Von jetzt an übernachte ich im Café, zusammen mit meiner Magnum, und dem nächsten, der ein Loch in die Fensterscheibe schlägt, blase ich das Gehirn aus dem Schädel. Bei Gott, mein schönes Büro!«

»*Ston diabolo*, mein schönes Café!«

»Außerdem werde ich mich in der kriminellen Szene umhören. Ich werde Laurel und Hardy und ihre Hintermänner aufspüren, durch den Fleischwolf drehen und dann portionsweise an die Polizei übergeben. Aber vorher werden sie für alles bezahlen. Kopf hoch, Archimedes, wir sind schon mit ganz anderen Sachen fertig geworden!«

»Sie werden keine Ruhe geben«, meinte der Grieche pessimistisch. »Das war erst der Anfang. Das nächstemal kreuzt das Rollkommando auf, wenn das Café voller Gäste ist, und so was ist nicht gut fürs Geschäft. Wenn sich herumspricht, daß ein Besuch im *Regenbogen* auf der Intensivstation endet, gehen die Gäste zur Konkurrenz. Und wenn ich dann noch immer nicht bezahle, sprengen sie mich zusammen mit meinem Laden in die Luft, und das ist dann wirklich das Ende.«

»Du bist jetzt viel zu deprimiert, um die Sache objektiv zu sehen«, sagte Markesch nachsichtig. »Warte ab — sobald Sophie die Trümmer weggeräumt und alles auf Hochglanz poliert hat, sieht die Welt ganz anders aus. Schöner, rosiger und vor allem sauberer. Mein Wort darauf!«

Aber er fühlte sich bei weitem nicht so optimistisch wie er tat. Auch Archimedes schien nicht unbedingt neuen Mut zu schöpfen. Im Gegenteil. Seine bedrückte Miene verdüsterte sich noch mehr, und er sah an Markesch vorbei, als wäre hinter ihm ein Gespenst aufgetaucht.

»Oh, oh«, murmelte er. »Dein Wort in allen Ehren, aber ich frage mich, wieviel dein Wort noch wert ist, nachdem dich Sophie mit dem Besen erschlagen hat. Das frage ich mich wirklich.«

»Gar nichts ist sein Wort dann wert«, sagte eine vertraute, vor Empörung bebende Stimme in Markeschs Rücken. »Und selbst das ist noch übertrieben.« Ein Besenstiel bohrte sich in seine Nierengegend. »Wofür hältst du mich eigentlich? Für eine Trümmerfrau? Ich schlage vor, du greifst selbst zum Putzlappen und wischt diese Schweinerei auf. Besser, als auf dem Südfriedhof dahinzumodern, ist es allemal. Außerdem ist es eine großartige Gelegenheit, etwas aus deinem verpfuschten Leben zu machen, ehe es zu spät ist.«

Markesch seufzte und entschied, daß es höchste Zeit für seinen Besuch im *Restaurant Löwenzahn* wurde. Er stand schwungvoll auf, tätschelte Sophie die zornesrote Wange und arbeitete sich durch die Scherben, Alkohollachen und Stuhlüberreste zur Tür vor.

»Keine Angst«, rief er über die Schulter hinweg. »In Gedanken bin ich bei euch. Der Sieg ist unser. Im Ernst!«

Dann war er draußen in der frischen, frostigen Luft, die nach dem schnapsgeschwängerten Dunst im verwüsteten Café so ernüchternd wie der unverhoffte Besuch eines Gerichtsvollziehers war. Er atmete tief durch, und mit jedem Atemzug wuchs seine Wut auf Laurel und Hardy und die Bastarde, die hinter ihnen standen, feige Blutsauger, Maden im Fleisch aller anständigen und fleißigen Menschen, Gesindel, das aus dem Dunkeln heraus mit Terror und Gewalt arbeitete...

Markesch straffte sich.

Er hatte das Gefühl, daß er jetzt in der richtigen Stimmung war, um ein klärendes Gespräch mit Bikshu Arupa zu führen. Aber bevor er sich in seinen rostigen Ford setzte, um zum *Restaurant Löwenzahn* im Belgischen Viertel zu fahren, kehrte er noch einmal in seine Wohnung zurück und holte aus dem Seitenfach seines Schreibtisches das Erste-Hilfe-Kissen.

Er zog den Reißverschluß auf und griff hinein.

Seine Hand schloß sich um den kühlen Griff der .357er Magnum. Nicht, daß er Waffen liebte oder zur Gewalttätigkeit neigte.

Aber unter den gegebenen Umständen war eine Magnum die beste Freundin, die ein Mann haben konnte.

Es dauerte eine ganze Stunde, in der er rund um den Friesenplatz und die angrenzenden Straßen kurvte, bis er einen Parkplatz gefunden hatte. Köln war auf dem besten Weg, sich zur ersten autofreien Stadt Deutschlands zu entwickeln, und die schärfste Waffe der Ratsherren im Kampf gegen die verderbliche Automobilität war der gnadenlos erzeugte flächendeckende Parkplatzmangel.

Markesch hatte von Leuten gehört, die ihr Auto schon seit Monaten nicht mehr benutzten, aus Furcht, daß ihr kostbarer Parkplatz von einem anderen Fahrzeug besetzt würde. Andere hatten ihr Auto verkauft und waren aufs Fahrrad umgestiegen, doch Markesch war realistisch genug, zu erkennen, daß dies für ihn keine Lösung war — Fahrräder waren etwas für Artisten, und er war zu alt und zu abgeklärt, um jetzt noch Artist zu werden.

Das *Restaurant Löwenzahn* lag in der Mitte der Antwerpener Straße, in einem der Häuser aus der Gründerzeit, wie sie für das Belgische Viertel typisch waren. Mit ihren Erkern, Ornamenten und farbenfrohen Anstrichen boten sie sich dem Auge wie eine Postkartenidylle dar, und Markesch konnte die Sanyiten verstehen, daß sie das Belgische Viertel zu ihrer Hochburg gemacht hatten.

Das Restaurant selbst war auf gediegene Gemütlichkeit getrimmt, mit naturbelassener Holztäfelung und gedeckten Farben, Bauernmöbelkultur und imitierten Gaslaternen. Trotz der frühen Stunde waren die meisten Tische besetzt, hauptsächlich von himmelblau gekleideten und gnadenlos lächelnden Sanyiten und einem halben Dutzend Ökofreaks in selbstgestrickten Pullovern und unförmigen Kordhosen, die nach phosphatfreien Waschmitteln und biologisch abbaubarer Seife rochen.

Schon als Markesch das Restaurant betrat, kam er sich so fehl am Platz vor wie ein Pfau in einer Hühnerfarm. Aus verborgenen Lautsprechern drang leise wabernde New-Age-Musik, untermalt vom knöchernen Knirschen und Knacken, mit dem die Frühstücksgäste ihr korn- und nußgesättigtes Vollwertmüsli verzehrten.

Bikshu Arupa stand hinter dem rustikalen Tresen und rührte mit einem Holzlöffel in einem großen Glas, das mit einer giftgrünen Flüssigkeit gefüllt war, zweifellos ein besonders gesunder Gemüsecocktail, und so, wie er aussah, konnte er jede Menge Gesundheit gebrauchen. Bei Markeschs Eintreten hatte sein hohlwangiges Gesicht eine wächserne Färbung angenommen, wie man sie sonst nur bei Madame Tussaud's antraf, und das Lächeln der Erleuchteten erlosch mit der Plötzlichkeit einer durchbrennenden Glühlampe.

»Hallo, Arupa«, sagte Markesch fröhlich und trat breit

grinsend an den Tresen. »Was für ein wahnsinniger Zufall
– und ich dachte schon, nachdem wir uns gestern im
Krishna so knapp verpaßt haben, würden wir uns nie
wiedersehen. Starkes Karma, was?«

»Verpaßt? Gestern abend? Wie meinen Sie das? Wer
sind Sie überhaupt?«

Natürlich log er; natürlich hatte er in ihm auf den
ersten Blick den Mann erkannt, vor dem er aus der Diskothek
getürmt war. Seine Augen waren vor Schreck
geweitet, und wenn es einen ersten Preis für die mimische
Darstellung des schlechten Gewissens gab, so hatte er ihn
in diesem Moment gewonnen.

Aber Markesch hatte zu schlecht geschlafen und nach
dem Aufstehen zu viele häßliche Dinge gesehen, um
Nachsicht für die Lügen und Ausflüchte eines Gemüsesaftmixers
aufbringen zu können, und so beugte er sich
nach vorn und sagte mit kalter leiser Stimme: »Ich bin
Markesch. Privatdetektiv. Ich arbeite für einen alten,
kranken Mann namens Hilling, der vor seiner Reise ins
Nirwana seine Enkelin wiedersehen möchte, und ich
schätze, Sie sind der Mann, der mir bei der Suche weiterhelfen
kann.«

»Hilling? Ich kenne keinen Hilling. Ich . . .«

Markesch verlor endgültig die Geduld. Er packte
Arupa am Kragen seines himmelblauen Hemdes und zog
ihn halb über den Tresen.

»Okay«, zischte er, »okay, du hast die Wahl. Entweder
du machst Schluß mit diesem schlechten Theater und
erzählst mir alles, was du über Angelika Hilling alias Ma
Purana weißt, oder ich setze dich in die verdammte Saftpresse,
und dann geht's ab ins nächste Leben, aber
pronto! Ist das klar?«

Der Sanyit schluckte. »Einverstanden, einverstanden,

reden wir miteinander. Ich sage Ihnen alles, was ich weiß, in Ordnung?«

»Warum nicht gleich so?« fragte Markesch zufrieden und ließ ihn los. »Ich wußte doch, daß ein paar freundliche Worte Wunder wirken können. Also, wo ist Angelika Hilling?«

Arupa fuhr sich nervös über die Lippen. »Ich weiß es nicht, ich ... Nein, halt, verdammt, ich weiß es wirklich nicht! Glauben Sie mir! Sie kam vor ein paar Monaten ins Meditationszentrum. Es ging ihr nicht gut; sie war völlig fertig, betrunken und auf Tabletten, Beruhigungstabletten. Sie schrie herum und weinte, ließ sich auch nicht beruhigen. Die anderen wollten sie rauswerfen, aber ich ... sie brauchte Hilfe, und ich hatte das Gefühl, daß ich ihr diese Hilfe geben konnte. Es war ... eine Frage des Karmas, wenn Sie wissen, was ich meine.«

»Sicher. Erzählen Sie weiter.«

»Nun ja, ich nahm sie mit nach Hause. Im Aschram konnte sie nicht bleiben; mit ihren schlechten Vibrationen vergiftete sie die ganze Atmosphäre. Sie blieb dann bei mir. Wir wurden Freunde, gute Freunde, und Angelika wurde schließlich eine von uns. Ma Purana. Es ging ihr besser — eine Zeitlang. Sie nahm keine Tabletten mehr, trank keinen Alkohol. Sie schien Frieden zu finden. Und nach all dem, was sie erlebt hatte, hatte sie Frieden bitter nötig.«

Markesch runzelte die Stirn. »Was meinen Sie damit, nach all dem, was sie erlebt hatte?«

»Sie wissen es nicht?« Bikshu Arupa sah ihn überrascht an. »Sie arbeiten doch für ihren Großvater. Hat er es Ihnen nicht gesagt?«

Markesch trommelte ungeduldig mit den Fingern auf den Tresen. »Was gesagt? Reden Sie schon!«

»Ihre Eltern — sie sind tot. Sie starben vor zwei Jahren bei einem Autounfall — ihr Wagen ging in Flammen auf und sie verbrannten.« Der Sanyit schwenkte wild den Gemüsecocktail, als wollte er im nachhinein den brennenden Wagen löschen. »Angelika saß ebenfalls im Auto, aber sie wurde hinausgeschleudert. Sie hat alles mitangesehen — bis der Tank explodierte und sie mit brennendem Benzin überschüttete.« Er stellte das Glas fort. »Sie wurde übel zugerichtet, lag monatelang auf der Intensivstation. Ihr ganzer Körper ist noch immer mit Brandnarben bedeckt; die Ärzte haben es mit Hauttransplantationen versucht, aber es kam zu allergischen Abstoßreaktionen. Sie wird für immer verunstaltet sein.«

Markesch sagte nichts.

»Sie hat ein schweres Karma zu tragen«, fügte Arupa hinzu. »Manche von uns werden mehr geprüft als andere. Damit sie reifen. Nur großer Schmerz kann die Schale zerbrechen, die unsere Seele umgibt. Aber manchmal richtet sich der Schmerz auch nach innen, und die Seele zerbricht.«

»Und Sie glauben, daß dies bei Angelika Hilling der Fall ist?«

Der Sanyit zuckte die Schultern. »Wir konnten ihr nicht helfen. Einige von uns sind ausgebildete Psychotherapeuten — Gestalt, Reiki, Primärtherapie, Reinkarnationstherapie — aber sie drangen nicht zu ihr durch. Sie begann wieder Alkohol und Tabletten zu nehmen. Es war aussichtslos. Vor vier Wochen verschwand sie dann.«

»Sie verschwand?« Markesch hob die Brauen. »Ohne eine Nachricht zu hinterlassen? Einfach so?«

»Sie hat ihren Koffer gepackt und ist gegangen. Einfach so. Ich dachte, sie wäre zu ihrem Großvater zurückgekehrt, aber zum Glück scheint sie das nicht getan zu haben.«

»Zum Glück?«

»Es wäre der Tod für sie. Angelika ist aus seinem Haus geflohen, weil sie sonst gestorben wäre. Er hat sie ausgesaugt, verstehen Sie, psychisch, ihre Lebenskraft... Sie haben selbst gesagt, daß Hilling ein todkranker Mann ist. Die Sterbenden sind eifersüchtig auf die Lebenden. Voller Haß. Voller Neid.« Er nickte heftig. »Manche versuchen, einen mit ins Jenseits zu ziehen — selbst wenn sie tot sind, versuchen sie es noch.«

»Klingt nach einem guten Stoff für einen schlechten Horrorfilm«, brummte Markesch. »Aber ich bin nicht hier, um eine Fortsetzung von *Die Nacht der reitenden Leichen* zu drehen. Nach allem, was Sie mir erzählt haben, scheint Angelika in ernsten Schwierigkeiten zu sein. Haben Sie irgendeinen Anhaltspunkt, wo sie sein könnte?«

»Ich sagte doch schon, daß ich es nicht weiß!« brauste Arupa auf.

»Sie haben eine ganze Menge gesagt, aber ich bin mir nicht sicher, ob ich Ihnen trauen kann. Vielleicht ist Wahrheit für Sie nur ein Wort mit acht Buchstaben, das Sie neulich im Kreuzworträtsellexikon nachgeschlagen haben.« Er sah den Sanyiten finster an. »Sie scheinen den alten Hilling nicht besonders zu mögen. Ich kann's Ihnen nicht verdenken — er wäre so ziemlich der letzte, mit dem ich auf einer einsamen Insel stranden möchte — aber er macht sich Sorgen um seine Enkelin und hat mich beauftragt, sie zu finden. Und wenn Sie mir irgend etwas verheimlichen, nur weil Sie den Alten für eine Art Seelenvampir halten, der jungen Mädchen die Lebenskraft aussaugt und sie ins Jenseits ziehen will, dann...«

»Verdammt, ich mache mir doch auch Sorgen um Ma Purana!« Der Sanyit umklammerte das Glas mit dem

Gemüsecocktail wie einen Rettungsring. »Ich bin auf Ihrer Seite!«

»Tatsächlich? Und warum sind Sie gestern aus dem *Krishna* gerannt, als wäre der alte Hilling persönlich hinter Ihnen her, kaum daß Sie mich gesehen haben? So was trägt nicht zur Vertrauensbildung bei.«

»Es war ein Mißverständnis, mehr nicht. Ich habe Sie verwechselt, verstehen Sie? Ich dachte, Sie wären ihr Bruder.«

»Bruder? Was für ein Bruder?« fragte Markesch überrascht.

»Wußten Sie nicht, daß Ma Purana einen Bruder hat? Das heißt, es ist nur ein Halbbruder. Ein übler Kerl. Er hat große Ähnlichkeit mit Ihnen.«

Markesch nickte anerkennend. »He, soviel Ironie hätte ich Ihnen gar nicht zugetraut! Aber warum sollten Sie vor Angelika Hillings Halbbruder fliehen? Was ist er? Auch eine Art Zombie von jenseits des Grabes?«

»Er tauchte vor einem Monat im Aschram auf und suchte nach ihr.« Seine Miene verfinsterte sich. »Irgendwie hat er erfahren, daß ich mit ihr zusammen war. Er lauerte mir nach der Arbeit auf und... Nun, es war unangenehm. *Sehr* unangenehm. Sozusagen schmerzhaft.«

»Er hat Sie bedroht?«

»Ich konnte ein paar Tage lang nicht laufen.«

»Also doch ein Zombie.« Markesch kaute nachdenklich auf seiner Unterlippe. »Wissen Sie, was er von ihr wollte?«

»Keine Ahnung. Ich war nicht in einer Position, um Fragen zu stellen.«

»Und wie heißt dieser Zombiebruder? Haben Sie seine Adresse?«

»Boruschka. Fredy Boruschka. Er wohnt in Chorweiler, in einem dieser Betonklötze, bei den anderen Irren und Asozialen. Böse Vibrationen. Die genau Adresse habe ich vergessen. Ich sollte ihm Bescheid geben, wenn Ma Purana wieder auftaucht. Natürlich hätte ich das nicht getan... aber es schien ihm verdammt wichtig zu sein.«

»Fredy Boruschka«, wiederholte Markesch gedehnt. »Glauben Sie, daß Angelika bei ihm untergekommen ist?«

Der Sanyit schüttelte den Kopf. »Aber was fragen Sie mich? Woher soll ich das wissen? Sie sind doch der Schnüffler. Finden Sie es selbst heraus.«

Ein häßliches Funkeln trat in seine Augen.

Zweifellos rechnete er mit einem Haufen böser Vibrationen, wenn Markesch an die Tür des gewalttätigen Fredy Boruschka klopfte, aber schließlich wußte er nichts von der Freundin mit dem Kaliber .357 in seiner Tasche.

Soviel zur Erleuchtung, dachte Markesch.

»Okay, Arupa.« Er griff in seine Lederjacke und legte eine Visitenkarte auf den Tresen. »Meine Nummer steht unter dem Regenbogen. Rufen Sie mich an, wenn Sie irgend etwas von Angelika Hilling hören. Und noch etwas... sollten Sie mich angelogen haben, dann gibt es nur einen Ort, wo Sie vor mir sicher sind: das Jenseits.« Er dachte kurz nach. »Aber ich würde an Ihrer Stelle keine Wette darauf eingehen.«

Er schenkte Bikshu Arupa ein Lächeln, wie es nicht einmal Spielbergs *Weißer Hai* zustande gebracht hätte, und kehrte der wabernden New-Age-Musik und dem Knirschen und Knacken der müslilöffelnden Körnerfresser den Rücken zu.

Draußen empfing ihn der Lärm des morgendlichen Berufsverkehrs.

Es war wie eine Wiedergeburt.

Eine wahrhaft religiöse Erfahrung.

4

Es war fast zwölf, als Markesch wieder seinen Ford bestieg und im Handschuhfach nach der medizinischen Notreserve kramte, bis ihm einfiel, daß er die Whiskyflasche bereits gestern abend geleert hatte, nach seinem Besuch im *Krishna*. Er fühlte sich leicht benommen, fast transzendent, und vage dämmerte ihm, was die Buddhisten meinten, wenn sie die materielle Welt als Täuschung bezeichneten, als bloße Erfindung des menschlichen Geistes, nicht realer als ein Hollywoodfilm, aber schlechter besetzt und von einem lausigen Regisseur gedreht.

Das Gerede über Karma, Vibrationen, Wiedergeburt und Astralfotografien war weder seinem Gemüt noch seinem Magen bekommen, ein überzeugender Beweis dafür, wie ungesund jegliche Spiritualität war, und die metaphysische Leere in ihm schrie geradezu nach einem handfesten kölschen Frühstück.

Er fuhr in die Innenstadt, stellte seinen Wagen im Parkhaus am Bahnhof ab und suchte dann das *Früh am Dom* auf, ein Brauhaus auf gut Kölsch, das für die Domstadt die gleiche Bedeutung hatte wie der Löwenbräukeller für München. Bei Halven Hahn, einer Kölner Spezialität aus mittelaltem Gouda, Röggelchen, Butter, Mostert und Kölsch, dachte er über sein Gespräch mit Bikshu Arupa und seine weiteren Schritte nach.

War dem Sanyiten wirklich zu trauen?

War Angelika Hilling tatsächlich spurlos verschwunden oder wollte er sie nur vor lästigen Fragestellern abschirmen?

Und was war mit diesem mysteriösen Halbbruder, dem gewalttätigen Fredy, der Bikshu Arupa zusammengeschlagen hatte? Wieso hatte ihn der alte Hilling nicht erwähnt? Und was hatte er von seiner Halbschwester gewollt? Mit Sicherheit nichts Gutes.

War Angelika Hilling untergetaucht, um Boruschkas Nachstellungen zu entgehen?

War sie in Gefahr?

Zumindest schien sie selbstmordgefährdet zu sein, und dieser Punkt machte Markesch die größten Sorgen.

Dieser Doktor Roth, dachte er. Ihr Psychiater. Er müßte wissen, ob tatsächlich Suizidgefahr besteht.

Eine steile Falte entstand auf seiner Stirn.

Eine tote Enkelin wäre nicht nur ein tragischer Verlust für den alten Hilling, sondern auch für ihn. Er bezweifelte, daß der Oberst a. D. ihm für diese traurige Botschaft ein Erfolgshonorar zahlen würde.

Freudlos stürzte er das Kölsch hinunter und bestellte beim Köbes ein neues.

Es gab noch ein anderes, ebenso dringliches Problem – Laurel und Hardy, die zwei von der Schutzgeldmafia. Die Anschläge auf das *Café Regenbogen* mußten sofort aufhören. Zum Teufel, bisher hatten sich die Mafiosi auf die Erpressung ihrer italienischen Landsleute beschränkt, auf die umsatzstarken, florierenden Pizzerien.

Wieso fielen sie jetzt über ein kleines Café wie das *Regenbogen* her, wo die Mühe kaum den Ertrag lohnen konnte? Und wieso ließen sie solche Armleuchter wie Laurel und Hardy für sich arbeiten, deren Intelligenzquotient nicht einmal für den Überfall auf einen Kaugummiautomaten ausreichte?

Dieser nächtliche Überfall aufs Café, die Zertrümmerung des Mobiliars, diese ganze schreckliche Verwüstung ergab keinen Sinn.

Wer schlachtete schon eine Kuh, die er melken wollte?

Brutale Gewaltaktionen waren im Repertoire dieser Leute normalerweise das letzte Mittel. Andererseits — wer wußte schon, was in den Köpfen von kriminellen Arschlöchern vor sich ging, die eine ganze Pizzeria in die Luft jagten, nur weil der Besitzer kein Schutzgeld zahlen wollte?

Vielleicht weiß es Ronnie der Zwerg, dachte Markesch. Er ist mir sowieso noch was schuldig. Verdammt, Laurel und Hardy können in der Unterwelt keine Unbekannten sein. Solche Typen sind so auffällig wie alte Fischköpfe in einer Parfümerie. Und genauso lästig.

Ronnie der Zwerg residierte in einer Spielhalle unweit vom Chlodwigplatz, Herzstück eines bundesweiten Imperiums glitzernder, klingelnder Groschengräber, das er sich in den letzten Jahren aufgebaut hatte — und zwar ausschließlich mit Methoden, für die die Bezeichnung illegal noch geschmeichelt war.

Es gab Gerüchte, daß er noch andere Geschäfte betrieb — Hehlerei, Waffenschieberei, Drogenhandel, die schmutzige Dreifaltigkeit des kriminellen Götterhimmels — und Markesch war überzeugt, daß sein ganzes Spielhallenimperium nur deshalb so florierte, weil er es als Waschanlage für die Profite aus den illegalen Geschäften benutzte: aus Drogengeld wurden so unversehens Glücksspielgewinne.

Aber immerhin war der Zwerg clever genug, sich nicht erwischen zu lassen. Ganze Generationen von Kripobeamten und Staatsanwälten hatten sich an ihm die Zähne und das Zahnfleisch ausgebissen, und nicht einmal einer Sonderkommission des BKA war es gelungen, ihm mehr als einen gelegentlichen Verstoß gegen die Straßenverkehrsordnung nachzuweisen.

Als Markesch die Spielhalle betrat, sah er den Zwerg an einem Einarmigen Banditen stehen und lässig eine Münze nach der anderen hineinwerfen, ganz so, wie alte Damen Brotkrusten an Tauben verfütterten. Der Automat ratterte und klingelte, als wollte er im nächsten Moment explodieren, aber er gab nicht eine müde Mark wieder heraus.

Ronnie grunzte befriedigt und wandte sich dem nächsten Automaten zu.

Er war ein kaum tischgroßer, von seiner Leidenschaft für Dampfnudeln und Sauerbraten gezeichneter Fettkloß, der auf jeder Kegelbahn als Ersatzkugel durchgegangen wäre. Über und über mit Goldkettchen und Ringen behängt, die Fettmassen von einem waldmeistergrünen Samtanzug kaum gebändigt, hätte man ihn ohne weiteres in jedem Juweliergeschäft als mobilen Weihnachtsbaum einsetzen können, und sein Grinsen war das eines Mannes, dem die ganze Welt nicht das Wasser reichen konnte, weil er sowieso nur Cognac und edlen französischen Rotwein trank, *Château de Prison* oder irgendein anderes gutes Tröpfchen. Wie immer war er von drei Gespielinnen umlagert, großen, blonden, vollbusigen Geschöpfen, die ihn wie Türme überragten, Professionelle aus dem Eros-Center an der Hornstraße in geschlitzten, superkurzen Röcken und zum Zerreißen gespannten Blusen.

Es war ein Bild wie aus einem Werbespot für die Freuden des kriminellen Lebens, und Markesch konnte nur hoffen, daß es tatsächlich so etwas wie eine ausgleichende Gerechtigkeit gab, die am Tag des Zorns die Bösen bestrafte und die Guten belohnte.

»Welch seltene Ehre«, rief der Zwerg euphorisch, kaum daß er ihn erspähte. »Der Welt größter Schnüffler in meinen verrufenen Hallen! He, Markesch, dich hat doch keiner auf mich angesetzt, oder? Vielleicht irgendein armer Schlucker, der seine ganze Sozialhilfe an einem meiner kleinen Freunde verspielt hat und nun das jüngste seiner zwölf Kinder verkaufen muß, um dein horrendes Schnüfflerhonorar zu zahlen!«

Er lachte blökend.

»Dein Humor ist wie immer vom Feinsten«, sagte Markesch und versuchte mit mäßigem Erfolg, die Blusen der drei blonden Liebesdamen zu ignorieren. »Und du, Ronnie? Immer noch damit beschäftigt, die Automaten zu manipulieren und den Armen und Dummen der Stadt das letzte Geld aus der Tasche zu ziehen?«

Der Zwerg lachte wieder.

Die Gespielinnen kicherten pflichtschuldig mit, und wie hypnotisiert wartete Markesch darauf, daß die Blusenknöpfe unter der ungeheuren Belastung nachgaben.

Natürlich wurde er enttäuscht.

Der Zwerg scheuchte die drei mit einer lässigen Handbewegung fort und stopfte seine Münzen in den hungrigen Zahlschlitz des nächsten Automaten.

»Aber im Ernst, Markesch! Freut mich, dich zu sehen. Erst heute morgen habe ich zu mir gesagt, was es doch für eine furchtbare Schande ist, daß ein Mann mit deinen Fähigkeiten seine Zeit damit vergeudet, entlaufenen Hunden und Goldfischen nachzuspüren. Warum hängst du deinen Job als Privatdetektiv nicht endlich an den Nagel und kommst zu mir? Jemand wie dich kann ich immer gebrauchen, und ich zahle dir das Zehnfache von dem, was du jetzt verdienst, und 'ne Weihnachtsgratifikation gibt es auch. In Naturalien.«

Er zwinkerte lüstern und wies mit den Daumen auf die drei Blondinen. »Sag ja, und wir verlegen das Weihnachtsfest auf heute vor.«

Markesch seufzte entsagungsvoll. »Wenn ich meine Seele verkaufen will, bist du der erste, dem ich sie anbiete. Aber im Moment bin ich mir nicht mal sicher, ob ich eine habe.«

Der Geldspielautomat piepste und blinkte und schluckte gierig Münze um Münze, aber das Ausgabefach blieb so leer wie das Sparschwein eines kleptomanen Quartalssäufers.

»Guter Junge«, sagte der Zwerg und tätschelte den Einarmigen Banditen.

»Du könntest mir trotzdem helfen«, fuhr Markesch fort, als sich Ronnie dem nächsten Automaten zuwandte. »Ich brauche ein paar Informationen.« Mit knappen Worten schilderte er, was im *Café Regenbogen* vorgefallen war, und schloß: »Diese Sache muß ein Ende haben. Beim nächstenmal werden sie das Café vielleicht in die Luft sprengen, und wo soll ich dann meine Klienten empfangen?«

Der Zwerg rieb nachdenklich sein Dreifachkinn. »Klingt ziemlich absurd. Nicht, daß ich irgend etwas mit diesen schrecklichen Leuten zu tun habe, die den ehrlichen Pizzabäckern von Köln das sauer verdiente Geld abpressen...«

»Natürlich nicht!«

»... aber so ein Café, also, seien wir ehrlich, das bringt doch nur Peanuts. Das ist nicht der Stil dieser Leute — wer auch immer sie sein mögen. Und diese Ganoven...«

»Laurel und Hardy — alias Herb und Schorsch.«

»Verdammt komisch. Nach der Beschreibung könnten das zwei kleine Gelegenheitsstenze sein, in der Branche als *Duo banane* bekannt. Aber die beiden sitzen seit einem Jahr im Klingelpütz. Haben 'ner Oma den Sparstrumpf geklaut oder so was. Sie können es also nicht gewesen sein. Und selbst wenn sie es gewesen wären, dann hätten sie kaum im Auftrag dieser anderen Leute gehandelt, die ich, wie gesagt, nicht kenne. Kein halbwegs normaler sizilianischer Mafioso würde sich mit dem *Duo banane* einlassen.«

»Aber irgend jemand muß das *Regenbogen* verwüstet haben.« Markesch lachte hart. »Und die Heinzelmännchen waren es nicht, soviel steht fest.«

»Okay, ich werde mich umhören, was aus Herb und Schorsch geworden ist«, versprach der Zwerg. »Genügt dir das?«

Markesch schüttelte den Kopf. »Ich möchte, daß du für mich ein Rendezvous arrangierst. Mit diesen Leuten, die du nicht kennst. Ich will mit ihnen reden.«

Der Zwerg lachte blökend. »Klar. Großartige Idee! He, wie stellst du dir das vor? Bist du wahnsinnig? Warum sollten Leute, die ich nicht einmal kenne, mit dir über Dinge reden wollen, mit denen sie aller Wahrscheinlichkeit nach nichts zu tun haben?«

»Daß sie nichts damit zu tun haben, steht noch längst nicht fest«, widersprach Markesch grimmig. »Ich will es aus ihrem eigenen Mund hören. Und wenn sie tatsächlich nichts damit zu tun haben – also, ich könnte mir gut vorstellen, daß es sie interessiert, wenn sich irgendwelche Trittbrettfahrer an ihre Geschäfte hängen. Meinst du nicht auch?«

Der Zwerg wackelte mit dem Kopf. »Vielleicht. Schon möglich. Wer weiß da schon Bescheid? Also gut, ich werde es versuchen, okay? Aber ich kann dir nichts versprechen.«

»Du bist ein wahrer Freund«, erklärte Markesch. »Du wirst wahrscheinlich trotzdem in der Hölle brennen, aber wegen dieser guten Tat nur auf kleiner Flamme.«

»Und du auf dem Rost neben mir — das wird eine tolle Zeit.« Ronnie der Zwerg wandte sich wieder dem Automaten zu und fütterte ihn mit Münzen. »Ich rufe dich an.«

»Danke.« Markesch klopfte ihm auf den fleischigen Rücken, warf einen letzten entsagungsvollen Blick zu den drei blonden Gespielinnen hinüber und steuerte den Ausgang an.

»Markesch?«

Er blieb stehen.

»Du schuldest mir etwas dafür, Markesch«, sagte der Zwerg. Er lächelte dabei wie ein boshafter Faun. »Vergiß es nicht.«

»Ich weiß. Ich werde es nicht vergessen.«

Er ging hinaus, und plötzlich hatte er doch das Gefühl, seine Seele verkauft zu haben. Früher oder später würde ihm Ronnie die Rechnung für diesen Gefallen präsentieren, und er konnte sicher sein, daß die Höhe der Rechnung nur knapp unter der Schmerzgrenze liegen würde.

Mit einem Fluch schüttelte er die düsteren Gedanken ab und schlenderte zum Chlodwigplatz. Der nächtliche Sturm hatte die Weihnachtssterne an den Geschäften zerfetzt, die Tannenzweiggirlanden über dem Platz zerrissen und den meterhohen Christbaum vor dem Severinstor bis zur Unkenntlichkeit entnadelt. Es war ein derart deprimierender Anblick, daß Markesch fast kehrt und sich auf den Weg ins *Regenbogen* gemacht hätte, doch gerade noch rechtzeitig fiel ihm ein, daß es im Café noch deprimierender aussah.

Er floh vor den aufkommenden Böen in einen türkischen Grill und ließ sich einen doppelten Raki und das Telefon geben.

Draußen verdunkelte sich der Himmel immer mehr,

und ein diffuses Gemisch aus Nieselregen und an Wachstumsstörungen leidenden Schneeflocken trübte den Blick auf die gegenüberliegende Bushaltestelle, an der sich die Menschen drängten, als wollten sie noch vor der nächsten Sturmfront aus der Stadt evakuiert werden.

Er konnte es ihnen nicht verdenken.

Hätte er nicht einen Job zu erledigen, hätte er Köln längst verlassen — Richtung Süden, der Sonne entgegen, dem Strand und den schmutzigen Fluten des Mittelmeers.

Er zog Hillings Visitenkarte heraus und wählte Dr. Roths Nummer, die er auf der Rückseite notiert hatte. Eine Frauenstimme meldete sich, wahrscheinlich die Sprechstundenhilfe. Sie klang so schrill und nervös, als hätte sie es dringend nötig, ein paar Wochen auf der Couch des Seelenklempners zu verbringen. Rücksichtsvoll verzichtete Markesch auf jede launige Bemerkung und verlangte knapp, den Doktor zu sprechen.

»Sind Sie ein Patient?« drang es mit der Liebenswürdigkeit einer Kreissäge aus der Hörmuschel. »Doktor Roth ist sehr beschäftigt. Selbst wenn Sie ein Patient sind, können Sie ihn jetzt nicht sprechen, und wenn Sie keiner sind, schon gar nicht.«

»Mein Name ist Markesch, Doktor Markesch. Ich bin der Chefredakteur von *Freuds Couch*, der führenden Fachzeitschrift für Psychologie, Psychiatrie und Psychopathen. Die Redaktion hat Doktor Roth zur großen Freude aller Beteiligten zum Freudianer des Jahres gewählt. Ich will ihm die freudige Botschaft überbringen und ihn gleichzeitig zur Preisverleihung einladen — nichts Weltbewegendes, nur einen fetten Scheck und eine Goldene Couch im Maßstab eins zu zehn, aber ich dachte mir...«

»Das ist ja wirklich eine Freude!« jubelte die Kreissägenstimme mit hörbar erhöhter Drehzahl. »Einen Augenblick, Doktor Markesch, ich verbinde.«

Markesch wartete.

Es dauerte wesentlich länger als einen Augenblick, doch dann meldete sich eine andere Stimme, männlich, vertrauenswürdig, wie geschaffen, um jeden verschreckten Neurotiker binnen eines einzigen Tages zu heilen.

»Markesch? Sind Sie der Markesch, den der alte Hilling engagiert hat, dieser Privatdetektiv?«

»Genau dieser Markesch bin ich«, bestätigte er. »Sie können sich also denken, weswegen ich anrufe.«

Roth lachte. Markesch gefiel dieses Lachen. Es kam aus dem Bauch, offen, ehrlich, ungekünstelt.

»Sonst hätte ich diesen dubiosen Anruf gar nicht erst entgegengenommen — Freudianer des Jahres, die Goldene Couch, na, hören Sie...! Ich bin wirklich sehr beschäftigt. Ich schätze, es geht um Angelika Hilling. Haben Sie sie gefunden?«

»Noch nicht. Ich stehe erst am Anfang meiner Ermittlungen. Allerdings habe ich einige Dinge in Erfahrung gebracht, die mir Sorgen machen. Ich dachte mir, Sie als ihr Therapeut könnten diese Sorgen vielleicht zerstreuen.«

Roth schwieg einen Moment. »Sie wissen, daß es so etwas wie ein Arztgeheimnis gibt...«

»Sicher. Aber es könnte sein, daß Angelika in Gefahr ist. Halten Sie sie für suizidgefährdet?«

»Suizidgefährdet? Wie kommen Sie denn darauf? Hat Anton das behauptet? Nein, auf keinen Fall. Sicher, sie hat Schreckliches durchgemacht, und sie ist noch immer nicht ganz über den Berg, aber sie ist eine starke Persönlichkeit. Lebensbejahend. Optimistisch.«

Markesch runzelte die Stirn. Das war genau das Gegenteil von dem, was Bikshu Arupa behauptet hatte. »Sie hatte doch Probleme mit Alkohol und Tabletten?«

»In der ersten Zeit nach dem tödlichen Unfall ihrer Eltern. Ich habe sie lange therapiert und ich kann nicht sagen, daß es ein ernstes Problem war. Mehr ein kurzfristiges Fluchtverhalten. Sozusagen halbherzig. In Krisensituationen kann es natürlich zu einem Rückfall kommen, so etwas ist niemals auszuschließen, aber sie ist nicht der Persönlichkeitstyp mit dem klassischen Suchtprofil.«

»Klingt beruhigend.«

»Hören Sie, Markesch, ich . . . Was ich Ihnen jetzt sage, muß unter uns bleiben. Ich war es, der Angelika geraten hat, das Haus ihres Großvaters zu verlassen. Sie ist eine junge Frau, die nach einer Zeit schwerer Krisen zurück ins Leben gefunden hat, und Anton Hilling . . . Er ist ein alter, kranker Mann. Seine Enkelin ist alles, was ihm geblieben ist, und er klammert sich an sie. Aber Angelika braucht jetzt Freiraum, Luft zum Atmen, verstehen Sie?«

»Sicher.«

»Ich halte es auch für falsch, daß er Angelika durch Sie suchen läßt. Es ist menschlich verständlich, trotzdem . . . In Angelikas Interesse wäre es besser, wenn Sie sie nicht finden würden.«

»Obwohl ihr Großvater todkrank ist? Vielleicht weiß sie es nicht einmal. Vielleicht möchte sie ihn noch einmal sehen, bevor er stirbt.«

»Schwer vorstellbar. Zwischen den beiden bestand nie ein gutes Verhältnis, um es vorsichtig auszudrücken.«

Markesch dachte nach. »Hat sie sich in den letzten Wochen bei Ihnen gemeldet?«

»Nein, und ich halte das für ein außerordentlich positives Zeichen. Wäre sie in Schwierigkeiten, hätte ich längst etwas von ihr gehört. Ich habe es auch ihrem Großvater gesagt, doch bedauerlicherweise hat er meine Einwände ignoriert ... Er ist ein sehr selbstsüchtiger, ichbezogener Mensch. Blind für die Bedürfnisse und Wünsche anderer. Ich fürchte, er hat Sie nur mit der Suche nach Angelika beauftragt, weil er sich in seinem patriarchalischen Selbstverständnis gekränkt fühlt.«

»Gut möglich«, meinte Markesch, »aber mir steht es nicht zu, über die Motive meiner Klienten zu spekulieren. Ich werde dafür bezahlt, daß ich meinen Job mache, das ist alles.«

»Natürlich.« Doktor Roth zögerte kurz. »Haben Sie noch irgendwelche Fragen? Meine Zeit ist knapp, und ich ...«

»Nur noch eine. Wie ist das Verhältnis zwischen Angelika und ihrem Halbbruder?«

Verblüfftes Schweigen. »Halbbruder? Ich höre jetzt zum erstenmal von einem Halbbruder. Sind Sie sicher, daß ...«

»Nicht ganz. Jedenfalls gibt es einen Fredy Boruschka, der sich als ihr Halbbruder ausgibt und ebenfalls nach ihr sucht. Und der gute Mann scheint dabei vor Gewaltanwendung nicht zurückzuschrecken.«

»Seltsam! Ich verstehe das nicht. Ich meine, ich kenne die Familie seit fünfzehn Jahren, und niemand hat je etwas von einem Halbbruder erwähnt. Möglicherweise ist es nur ein Mißverständnis.«

»Ich werde es herausfinden. Vielen Dank, Doktor Roth – und bei Gelegenheit bringe ich Ihnen die Goldene Couch vorbei.«

Er legte auf und griff nach dem Glas Raki.

Der Fall wurde immer mysteriöser. Nach Doktor Roths Schilderung war Angelika Hilling der reinste Sonnenschein und längst über den Tod ihrer Eltern hinweg, während sie laut Bikshu Arupa ein hoffnungsloser Fall war, alkohol- und tablettensüchtig, dem Selbstmord nah. Nur in ihrer Meinung über den alten Hilling waren sich die beiden einig. Aber inwieweit war Arupa zu trauen? Schließlich hatte er keinen Hehl daraus gemacht, daß er eine Rückkehr Angelika Hillings ins großväterliche Haus für eine Katastrophe hielt. Warum sollte er dann ausgerechnet ihm, der den Auftrag hatte, eben dafür zu sorgen, bei der Suche helfen?

Und wie paßte dieser mysteriöse Halbbruder ins Bild, von dem niemand etwas gehört hatte?

Markesch zahlte den Raki und verließ den türkischen Grill.

Die Böen waren stärker geworden. Die Markise des Straßenhändlers am Severinstor knatterte unter den Windstößen wie ein frisiertes Moped. Obwohl die Temperatur in der letzten halben Stunde um zehn Grad gefallen war, hatte die Natur ihren matten Versuch aufgegeben, für winterlichen Schneefall zu sorgen. Es nieselte nur noch zaghaft, und dann hörte auch der Nieselregen auf.

Mit gesenktem Kopf stemmte sich Markesch den Böen entgegen. Von Sekunde zu Sekunde wurde das Heulen und Pfeifen lauter, und als er endlich in seinem Auto saß, fühlte er sich wie ein Schiffbrüchiger in einem winzigen Rettungsboot, ziellos auf dem sturmgepeitschten Meer des Lebens treibend, mit einem Rettungsring an Bord, auf dem das wenig vertrauenerweckende Wort TITANIC stand.

Und er hatte nicht einmal ein Funkgerät dabei, um den Seenotrettungsdienst zu rufen.

Aber er bezweifelte, daß man seinen Notruf überhaupt hören würde. Manche Menschen konnten ein Leben lang

SOS funken, ohne eine Antwort zu bekommen, und irgendwie hatte er das Gefühl, daß er einer von diesen Menschen war.

Er ließ den Motor an und fuhr los.

Zum Glück gab es für einen Schiffbrüchigen noch andere Möglichkeiten, auf sich aufmerksam zu machen – die Flaschenpost. Und inzwischen war der Tag weit genug fortgeschritten, um die nächste Flaschenpost auf den Weg zu schicken.

Empfänger: Fredy Boruschka, der Schlagetot von Chorweiler, der auf so wundersame Weise Angelika Hilling zu einem Halbbruder verholfen hatte.

5

Chorweiler war der geographische und städtebauliche Nordpol von Köln, eine monströse Wohnmaschine weitab jeglicher Zivilisation, scherenartig von den Asphaltbändern der A 1 und der A 57 umschlossen, ein Getto am Ende der Welt, als hätten die Architekten den Ehrgeiz gehabt, eine Pulverkammer für den sozialen Sprengstoff des Rheinlands anzulegen.

Die Trabantenstadt war in den frühen siebziger Jahren entstanden und sofort nach der Fertigstellung zu einer halben Investitionsruine verkommen. Hochhäuser wie Grabsteine, Wohnungen wie Käfige, eine Infrastruktur wie im abgelegensten Teil der Sahara und eine Kriminalitätsrate wie nachts um zwölf im New Yorker Central Park hatten nur die Ärmsten der Armen nach Chorweiler ziehen lassen, die nichts zu verlieren und schon gar nichts zu gewinnen hatten. Langzeitarbeitslose, deren einzige Daseinsberechtigung es noch war, für die Sicherung der Arbeitsplätze in der Spirituosenindustrie zu sorgen; lebenslange Sozialhilfeempfänger ohne Hoffnung oder Perspektive, im sozialen Netz gefangen, wo sie sich die Langeweile mit der Erhöhung der Geburtenrate vertrieben; Obdachlose, vom Wohnungsamt mit bürokratischer Schlauheit aus dem Stadtbild verbannt; Ausländer, die nach Meinung der meisten deutschen Vermieter von Rechts wegen nach Rimini oder an die Costa Brava gehörten, um dort den Neckermanntouristen als Kellner und Schuhputzer zu dienen.

Um die Betonburgen zu füllen, hatte die Verwaltungsgesellschaft sogar die Mieten reduziert, zunächst ohne spürbaren Erfolg, bis ab Mitte der achtziger Jahre die

Aus- und Übersiedlerströme aus dem Osten den Wohnungsmarkt überflutet hatten, und inzwischen konnte man in Chorweiler nicht einmal mehr eine Besenkammer bekommen.

Nur an der trostlosen Atmosphäre der Trabantenstadt hatte sich nichts geändert.

Schon als Markesch aus dem Auto stieg und zu den anonymen Betonklötzen mit ihren schwalbennestgroßen Balkonen aufblickte, hatte er das Gefühl, ersticken zu müssen. Wer hier wohnte, der mußte das Atmen verlernen, um zu überleben. Zwischen den Häusern lagen stoppelige Grünflächen, doch statt so etwas wie Weite zu vermitteln, ließen sie die Betonklötze noch furchterregender erscheinen. Der Sturm hatte die Straßen leergefegt, und nur die geometrischen Muster der erleuchteten Fensterreihen verrieten, daß hier Menschen lebten.

Er schlug den Kragen hoch und kämpfte sich zum nächsten Hochhaus vor. Die Böen zerrten an ihm, als wollten sie ihm Fesseln anlegen, und als er im Windschatten des Hauses ankam, war er erschöpft wie nach einem 1000-Meter-Lauf. Im stillen dankte er der Deutschen Bundespost für die Herausgabe des Telefonbuches, in dem er Fredy Boruschkas Adresse gefunden hatte. Alle Hochhäuser nach ihm abzusuchen, wäre unter den gegebenen Witterungsbedingungen zweifellos sein Tod gewesen.

Die Haustür stand offen; das Schloß war defekt. Und auch der Rest des Gebäudes war in einem Zustand, der nach der Totalsanierung mit der Abrißbirne verlangte. Abbröckelnder Putz, beschmierte Wände, ein Aufzug, in dem es nach Urin stank und der natürlich nicht funktionierte.

Rücksichtsvollerweise wohnte Boruschka im fünften Stock.

Und er wohnte nicht allein, wie Markesch feststellte, als er vor der Wohnungstür stand und jenes wüste Geschrei hörte, wie man es nur bei einem Liebespaar im Endstadium der Zerrüttung fand.

Markesch schnitt eine Grimasse und drückte auf den Klingelknopf. Er haßte es, in eine Beziehungskrise hineinzuplatzen, doch in seinem Job konnte man nicht wählerisch sein, und er konnte sich auch nicht vorstellen, daß es für einen Besuch bei Boruschka überhaupt einen günstigen Zeitpunkt gab.

Das Klingeln wurde ignoriert.

Erst als er Sturm läutete, wurde die Tür aufgerissen, und Markesch sah Fredy Boruschka in seiner ganzen Herrlichkeit vor sich.

Bikshu Arupa hatte behauptet, daß er Ähnlichkeit mit ihm hatte, aber wenn das nicht den Tatbestand der Beleidigung erfüllte, dann gab es keine Beleidigungen auf der Welt. Einen ganzen Kopf größer als Markesch, das Gesicht aufgeschwemmt und vom Bluthochdruck gerötet, früher vielleicht muskulös, jetzt aber sichtlich verfettet, nur mit einem schlabbrigen Unterhemd, schlabbriger Unterhose und schlabbrigen Socken bekleidet, eine Bierflasche in der Hand, eine qualmende Zigarette im Mundwinkel, schien er genau die Sorte Mann zu sein, die die Emanzipation der Frau schon aus Gründen des guten Geschmacks erforderlich machte.

Aus bösartigen kleinen Augen starrte er Markesch an, paffte ihm eine dicke Qualmwolke ins Gesicht und fragte ohne jede Freundlichkeit: »Was wollen Sie? Was verkaufen? Wir kaufen nichts.«

»Ich bin der fröhliche Staubsaugervertreter«, sagte Markesch heiter. »Ihr Staubsauger hat uns angerufen und einen neuen Staubbeutel bestellt, und schon bin ich da!«

Boruschka kniff die Augen zusammen. Seine Zigarette wanderte langsam in den anderen Mundwinkel. »Was soll'n der Scheiß? Hier hat keiner angerufen. Wollen Sie mich verarschen oder was?«

»Nur ein matter Scherz. Mein Name ist Markesch. Ich bin Privatdetektiv. Ich habe ein paar Fragen an Sie und...«

»Verpiß dich«, grunzte Boruschka und schloß die Tür.

Im letzten Moment schob Markesch seinen Fuß dazwischen. »Sie sollten besser mit mir reden. Es geht um Angelika Hilling. Ihre Halbschwester.«

»Kenn' ich nicht. Nie gehört. Und jetzt weg mit dem verdammten Fuß, oder ich...«

Boruschka verstummte und starrte wie hypnotisiert auf den Hundertmarkschein, den Markesch zwischen den Fingern hielt. Ein schmieriges Lächeln glitt über sein aufgeschwemmtes Gesicht, und er riß die Tür auf.

»Aber natürlich! Kommen Sie rein. Warum haben Sie nicht gleich gesagt, daß Sie wegen Angelika kommen?«

Markesch trat ein. Der Flur war ein kurzer, schmaler Schlauch, vollgestopft mit leeren Bierkästen, Plastiktaschen voller Leergut, schmutziger Wäsche und einem halb demontierten Moped. Es roch nach Altöl und abgestandenem Bier.

»Fredy?« drang eine keifende Stimme durch die angelehnte Wohnzimmertür. »Wä es dat? Wann dat widder dä widderliche Katschmarek es un versök, dat Jeld för...«

»Halt's Maul, du Schlampe«, brüllte Boruschka. »Kümmer dich um deinen eigenen Dreck, oder ich hau dir gleich auf's Maul, kapiert?«

Sie hatte kapiert und gab Ruhe.

Boruschka grinste, führte Markesch in die Küche, in der es aussah, als wäre in ihr seit dem Erstbezug weder

geputzt noch gespült worden, und schloß hinter sich die
Tür.
»Weiber«, sagte er verächtlich. »Die reinsten Nervensägen. Wollen überall dabeisein und machen nur Ärger.
Wenn ich der nicht jeden Morgen eins auf die Nase geben
würde, wäre es gar nicht mehr zum Aushalten.« Er setzte
die Bierflasche an die Lippen, trank sie gurgelnd leer und
schmatzte. »Okay, schieben Sie den Hunderter rüber, und
wir können uns über meine Halbschwester unterhalten.«
»Nur keine übertriebene Hast«, sagte Markesch und
schloß die Faust um den Geldschein. »Sie wissen doch,
daß man sich Geld erst verdienen muß.«
»Ach ja?« Es klang ehrlich erstaunt. »Aber ohne Vorschuß ist bei mir nichts drin, kapiert?«
Widerstrebend griff Markesch in die Tasche und
drückte ihm einen Fünfziger in die gierige Hand. »Also,
wann haben Sie Angelika Hilling zuletzt gesehen?«
Boruschka tapste zum Kühlschrank, fischte eine neue
Flasche Bier heraus und öffnete sie mit den Zähnen. Er
spuckte den Korken zielsicher in den überquellenden
Abfalleimer und belauerte Markesch aus den Augenwinkeln, wie ein besonders feiges Tier, daß nur anzugreifen
wagte, wenn die Beute ihm den Rücken zudrehte.
»Was heißt zuletzt gesehen? Ich hab' sie nur einmal
gesehen, vor etwa drei Monaten. Ich hab' nicht mal
gewußt, daß ich 'ne Halbschwester hab', bis sie bei mir
reingeschneit ist, voll wie tausend Mann und so fertig,
daß ich dachte, Vorsicht, Fredy, die hüpft dir gleich vom
Balkon. War kein schöner Anblick, wirklich nicht. Ging
mir richtig an die Nieren. Außerdem drehte meine Alte
durch, weil sie dachte, das wäre 'ne Tussi von mir, mit der
ich nebenbei was laufen hätte. Stimmte natürlich nicht,
aber versuchen Sie den Weibern mal was zu erklären,

wenn die richtig auf Touren sind. Ich mußte ihr ein paar hinter die Löffel geben, damit sie...«

»Klingt richtig faszinierend«, unterbrach Markesch, »aber bleiben wir bei Ihrer Halbschwester. Sie sagten, Sie haben vorher nichts von ihr gewußt?«

»Wir haben denselben Vater, das ist alles. Er hatte mal was mit meiner Mutter, hat mich angesetzt und sich dann aus dem Staub gemacht. Ein reiches Bürschchen, das nur mal eine Nacht seinen Spaß haben wollte.« Boruschka spuckte ins Spülbecken. »Ich hab' ihn nie gekannt. Hab' auch erst vor ein paar Jahren seinen Namen erfahren — als er bei diesem Autounfall hopsgegangen ist. Meine Mutter hat mir die Zeitung mit der Todesanzeige vor die Nase gehalten und gesagt, schau, Sohnemann, das ist der Mistkerl, der deinem Mütterchen goldene Berge versprochen und sich dann verdünnisiert hat. Ich schätze, sie hat ihn noch immer gehaßt. Kurz darauf ist sie auch gestorben. Ich kann's ihr nicht verdenken. War ein schweres Leben für sie.«

»Aber woher wußte Angelika dann von Ihnen?«

»Keine blasse Ahnung. Vielleicht aus der Familienchronik. Mein sauberer Herr Erzeuger hat schließlich jahrelang Alimente zahlen müssen.« Boruschka schwenkte die Bierflasche. »Na, wehgetan hat's ihm nicht. Soll ja anständig Kohle haben, die Familie.«

»Was wollte Angelika von Ihnen?«

»Na, sich bei ihrem Bruderherz einnisten. Ich glaube, sie hatte Ärger mit ihrem Opa, bei dem sie wohnte. Nach dem, was sie erzählt hat, muß das ein mieser alter Knochen sein. Hat sie richtig tyrannisiert. Wie 'ne Sklavin behandelt, und die Kleine hat sich das jahrelang gefallen lassen, bis sie irgendwann nicht mehr konnte. Sie war völlig fertig, als sie hier aufkreuzte.«

»Wie lange ist sie geblieben?«

»Zwei Tage, dann mußte ich sie rauswerfen wegen meiner Alten.« Er grinste anzüglich. »Sie hat die Sache mit der Halbschwester wohl nicht so ganz geglaubt. Ich kann's verstehen. Kommt mir selbst ziemlich komisch vor, aber so ist das Leben, stimmt's? Na ja, jedenfalls hat mir meine Alte solchen Terror gemacht, daß ich die Kleine rauswerfen mußte, schon in ihrem eigenen Interesse.«

Er trank einen Schluck Bier.

»Aber auch ohne meine Alte hätte ich's mit dem Schwesterlein nicht lange ausgehalten. Sie war richtig am Spinnen. Redete dauernd von Erleuchtung und Karma und so. Hatte auch ein Bild von ihrem Guru um den Hals hängen. Als sie mich dann auch noch bekehren wollte, ist mir der Kragen geplatzt. Ich meine, erst der Streß mit meiner Alten und dann noch so was... Sie ist dann ja auch ab zu ihrem Guru.«

»Und danach haben Sie sie nicht wiedergesehen?«

Boruschka schüttelte den Kopf. »He, finden Sie nicht auch, daß Sie endlich den Blauen rüberschieben sollten?«

Markesch knisterte ermunternd mit dem Geldschein. »Nur Geduld, dann ist die Freude später um so größer... Warum haben Sie eigentlich später nach ihr gesucht?«

»Weiß ich auch nicht genau. Ich glaube, aus 'ner Art Familiensinn heraus. Blutsbande, wenn Sie wissen, was ich meine. Ich hab' mir Sorgen um sie gemacht. So fertig wie die war, hätte die sich Gottweißwas antun können.«

»Das ist ja richtig herzergreifend. Und Ihre Sorge um Ihre Halbschwester, die Sie nur ein einziges Mal in Ihrem Leben gesehen haben, war so groß, daß Sie Bikshu Arupa zusammenschlagen mußten?«

»Bikshu wer?« Boruschka zwinkerte verwirrt. »Ach so,

Sie meinen dieses Arschloch aus dem *Löwenzahn*. Was heißt hier zusammengeschlagen? Ich hab' ihn nur leicht angetippt, weil er mir dumm kam. Hat sich wie 'n Ballon aufgeblasen, wußte angeblich von nichts und den Rest wollte er mir sowieso nicht sagen.« Er lachte hämisch. »Tscha, da hab' ich einfach die Luft aus dem Ballon gelassen. Aber weitergeholfen hat's auch nichts. Er blieb dabei, daß er keine Ahnung hätte, wo Angelika ist.«

Markesch rieb sich das Kinn. »Und? Glauben Sie ihm?«

»Klar.« Boruschka lachte wieder. »Wenn ich mir jemand richtig zur Brust nehme, der lügt nicht mehr – oder er muß schon ein Selbstmörder sein.« Er streckte fordernd die Hand aus. »Und jetzt her mit der Kohle.«

Widerwillig drückte ihm Markesch den Hundertmarkschein in die Hand.

»Heißen Dank, Alter. Mit Ihnen zu reden, ist wirklich ein Vergnügen. Schade, daß ich Ihnen nicht noch mehr helfen kann.«

»Hat Ihre Schwester vielleicht jemand erwähnt, bei dem sie untergekommen sein könnte? Jemand, der nicht zu den Sanyiten gehört?«

»Eigentlich müßten Sie für die Antwort 'nen Extraschein drauflegen ...«

»Wenn die Antwort was wert ist ...«

»Fehlanzeige. Ich weiß wirklich nicht mehr. Ich verstehe auch gar nicht, warum ihr Opa so scharf drauf ist, sie zurückzuholen.« Er maß Markesch mit einem lauernden Blick. »Ich meine, das kostet doch jede Menge Kohle, oder? Sie arbeiten doch nicht aus reiner Menschenliebe für den Alten?«

»Angelikas Großvater ist todkrank«, erklärte Markesch, vage hoffend, daß diese tragische Neuigkeit

Boruschkas Zunge lösen würde, falls er irgendwelche Informationen zurückhielt. »Er wird in ein oder zwei Monaten sterben und möchte seine Enkelin vorher noch einmal sehen.«

»Tragisch, tragisch...« Aber es klang nicht besonders mitfühlend.

»Jedenfalls«, sagte Markesch und reichte ihm seine Visitenkarte mit dem aufgedruckten Regenbogen, »falls Sie etwas von Angelika Hilling hören, rufen Sie mich an. Natürlich werden nützliche Informationen belohnt.«

»Sie können sich auf mich verlassen«, versicherte Boruschka. »Ehrlich. Das arme Ding. Hoffentlich ist ihr nichts zugestoßen. Ich meine, das wäre doch wirklich schade. Erstens sowieso und zweitens wegen der Belohnung.«

Markesch schob sich an ihm vorbei und öffnete die Küchentür. »Ich wußte doch, daß Sie ein Mann mit Herz sind.«

Boruschka lachte.

»Fredy?« drang wieder die keifende Stimme aus dem Wohnzimmer. »Es dä widderliche Katschmarek afjehaue, Fredy? Wat es passiert? Wat hät hä denn jesat? Fredy? Fredy!«

»Halt endlich dein verdammtes Maul, du Schlampe!« brüllte Boruschka.

Markesch machte, daß er nach draußen kam. Das Geschrei der beiden Turteltauben begleitete ihn bis hinunter in den vierten Stock und wurde dann vom Heulen des Sturms überlagert.

Nachdenklich rieb er sich das Kinn.

Vielleicht irrte er sich; vielleicht tat er Fredy Boruschka unrecht. Aber wenn der gute Fredy wirklich aus purer Bruderliebe seiner Halbschwester bei den Sanyiten nachgespürt hatte, dann wollte er sich in Zukunft nur noch von Gemüsesaft ernähren.

Und er war kein Mann, der leichtfertig ein solches Gelübde abgab.

6

In den nächsten Tagen blies der Sturm mit der Geschwindigkeit eines Porsches über die Domstadt hinweg, entwurzelte Bäume, deckte Dächer ab, wehte alte Damen vom Balkon und löste in der Öffentlichkeit eine lebhafte Diskussion über die Vor- und Nachteile der Bunkerarchitektur aus. Im Gegensatz dazu schleppten sich Markeschs Ermittlungen in Sachen Angelika Hilling und Kölner Schutzgeldmafia im Schneckentempo dahin, ohne neue Erkenntnisse oder auch nur die Andeutung einer Spur zu bringen. Nur die Renovierung des *Café Regenbogens* machte rasante Fortschritte — als der Sturm zum Wochenende wieder abflaute, waren die eingeschlagenen Fensterscheiben ersetzt, Stühle und Tische erneuert, Espressomaschine und Saftpresse repariert und die Spirituosenvorräte aufgefrischt.

Nur der leichte, aber hartnäckige Alkoholdunst, der dem Café bei der Neueröffnung den Charme einer Vorstadtdestille verlieh, und Archimedes' sorgenvoll gesträubter Bart erinnerten noch an den Anschlag vom letzten Wochenende.

Markesch war froh, wieder seinen Arbeitsplatz vor dem Tresen beziehen zu können, doch selbstkritisch gestand er sich ein, daß dies so ziemlich das einzige Erfolgserlebnis war, das er verbuchen konnte.

Laurel und Hardy hatten sich seit ihrer nächtlichen Zerstörungsorgie nicht mehr gemeldet, und ihr Schweigen war bedrohlicher, als es jeder neue Erpressungsversuch sein konnte. Markeschs Hoffnung, über Ronnie den Zwerg an die beiden Ganoven heranzukommen, wurde mit jedem Tag geringer. Das *Duo banane*, von dem Ronnie gesprochen hatte, war nach einem kurzen Gastspiel wieder von der Liste der Verdächtigen gestrichen worden – es saß noch immer in der JVA Köln-Ossendorf und verbüßte eine einjährige Reststrafe für einen Überfall auf einen Kiosk, bei dem die beiden gerade eine Handvoll Wechselgeld erbeutet hatten. Außerdem galten sie in der kriminellen Szene als die größten Versager vor dem Herrn, die schon mit der Plünderung des eigenen Sparschweins überfordert waren, und kamen schon deshalb als Täter nicht in Frage.

Blieb also die sizilianische Schutzgeldmafia.

Aber entweder hatten die Herren Mafiosi kein Interesse an einem Gespräch mit Markesch, oder sie wollten es ihren Geldeintreibern überlassen, mit deren Auftauchen jeden Tag zu rechnen war.

Markesch nippte an seinem Kaffee, den er sich aus einer moralischen Schwäche heraus nach dem vierten Scotch bestellt hatte, und versuchte, die beiden Pärchen am Nebentisch zu ignorieren, Abonnenten aus dem nahen Sonnenstudio mit schwarzverbrannter Haut, die ihre Tequila Sunrise mit dem Strohhalm schlürften und vom bevorstehenden Skiurlaub in den Schweizer Alpen schwärmten, als wäre er die Erfüllung ihres Lebens.

Urlaub!

Markesch schüttelte sich. Er konnte sich nicht erinnern, je Urlaub gemacht zu haben, nicht einmal auf Balkonien, und er konnte nur hoffen, daß der laue Winter hielt, was er bisher versprochen hatte, und die Schweizer Alpen im Regen ertränkte.

Der Kaffee schmeckte ihm nicht und reumütig kehrte er zum Scotch zurück, aber nicht einmal dem Scotch gelang es, die Unzufriedenheit zu vertreiben, die ihm schon die letzten Tage vergällt hatte. Die Welt erschien ihm wie eine einzige große Tretmühle, in der er hinter Angelika Hilling herlief, ohne von der Stelle zu kommen.

Sie war so spurlos verschwunden, als hätte sie nie existiert.

Markesch hatte jeden Sanyiten befragt, den er finden konnte, aber seit dem Tag, an dem sie Bikshu Arupa ohne ein Abschiedswort verlassen hatte, war sie von niemand mehr gesehen worden. Der vage Hoffnungsschimmer, daß sie vielleicht nach Indien geflogen war, zum spirituellen Zentrum der Bewegung, war ebenfalls bald erloschen: In der Kundenkartei des sanyiteneigenen Reisebüros *Karma Tours*, das die Pilgerflüge zum Grab des Gurus organisierte, gab es weder eine Angelika Hilling noch eine Ma Purana. Natürlich war es möglich, daß man ihn belogen oder daß sich Angelika auf eigene Faust auf den Weg nach Indien gemacht hatte, doch er hoffte, daß sie sich noch immer in Deutschland befand.

Aber warum versteckte sie sich?

Sofern sie sich überhaupt versteckte.

Doktor Roth, ihr langjähriger Therapeut, war noch immer unerschütterlich davon überzeugt, daß kein Grund zur Sorge bestand, daß sie nur fortgegangen war, um dem unseligen Einfluß ihres Großvaters zu entfliehen und irgendwo aus eigener Kraft ein neues Leben aufzubauen.

Markesch hätte es gern geglaubt, aber der Optimismus des guten Doktors kam ihm wie eine besonders kühne Version des positiven Denkens vor. Schließlich hatten Arupa und Fredy Boruschka ein weitaus negativeres Bild ihrer psychischen Verfassung gezeichnet.

Andererseits war Boruschka so vertrauenswürdig wie ein Aprilscherz, und was Arupa betraf, so hatte Markesch noch immer nicht vergessen, daß er bei ihrer ersten

Begegnung fluchtartig die Diskothek *Karma* verlassen hatte. Vielleicht hatte er ihn ja wirklich für den gewalttätigen Fredy gehalten, doch dann mußte er nicht nur kurzsichtig, sondern so gut wie blind sein.

Ich sollte diesem Arupa noch einmal einen Besuch abstatten, sagte sich Markesch. Ihm noch einmal auf den Zahn fühlen und diesmal den Bohrer ansetzen. Möglicherweise fallen ihm dann Dinge ein, die er bisher verschwiegen hatte, etwa Angelikas neue Adresse.

Aber sicher war er nicht.

Die Tür ging auf und neue Gäste kamen herein, flotte Yuppies in leichentuchweißen Baumwollanzügen, die locker-leichte American-Express-Generation, die die Frage nach dem Sinn des Lebens für eine Erfindung von *Trivial Pursuit* hielt, Freiheit mit Porsche übersetzte und zum Beten in die Deutsche Bank ging. Nur eins sprach zu ihren Gunsten – ihnen konnte das Geld den Charakter nicht verderben, da sie so etwas wie Charakter nicht einmal vom Hörensagen kannten.

Markesch kippte den Scotch hinunter und entschloß sich zum Gehen.

In dieser Nacht würden Archimedes und einige seiner griechischen Bodybuilderfreunde die Bewachung des Cafés übernehmen. Es gab also keinen Grund für ihn, länger im *Regenbogen* auszuharren und mitanzusehen, wie Paule Porsche und Mannie Mercedes im Champagnerkübel versumpften und vor den Bafög-Studentinnen mit ihren Banknotensammlungen protzten.

Er winkte Archimedes zu und wankte nach draußen, atmete tief die frostige Nachtluft ein, bis er nicht mehr wußte, ob ihn das Übermaß an Sauerstoff oder der exzessive Scotchgenuß benebelten, und schlurfte langsam nach Hause.

Wie schon so oft dankte er der Vorsehung dafür, daß er nur fünfzig Meter vom Café entfernt wohnte. In seinem Zustand hätte er jede weiter gelegene Wohnung nur mit dem Auto erreichen können, und bei der desolaten Kölner Parkplatzsituation wäre ihm eine stundenlange Geisterfahrt durch die nächtlichen Straßen kaum erspart geblieben.

An der Haustür angekommen, suchte er in seinen Taschen nach dem Schlüsselbund, das übliche Ritual, mit dem sich schlecht organisierte Menschen die überflüssige Zeit vertreiben, doch als er den Schlüssel gefunden hatte und ihn ins Schloß stecken wollte, hörte er dieses Geräusch...

Kein lautes Geräusch.

Ein metallisches Klicken wie von zwei Münzen, die gegeneinanderstießen. Oder wie vom Sicherungshebel einer Pistole, der umgelegt wurde. Und noch während er darüber nachdachte, ob der harte Druck, den er plötzlich in seinem Rücken spürte, ein Produkt seiner Fantasie war oder doch von einer entsicherten Pistole stammte, die ihm irgendein Hurensohn in die Nieren bohrte, spürte er auch schon die warmen, gepreßten Atemzüge eines nervösen Menschen in seinem Nacken. Die Kombination aus schußbereiter Waffe und nervösem Zeigefinger war nicht dazu angetan, ihm Vertrauen einzuflößen, und erinnerte ihn daran, wie kostbar und zerbrechlich das Leben doch war.

»Ruhe, Freund«, flüsterte ihm eine Stimme mit leichtem italienischen Akzent ins Ohr. »Nur ruhig, Freund.«

Ruhe.

Der Kerl mußte ein Witzbold sein. Glaubte er im Ernst, daß eine entsicherte Pistole auf irgend jemand beruhigend wirken konnte? Und wie kam der Bastard dazu, ihn

Freund zu nennen? Wenn er Freundschaft suchte, dann sollte er nicht mitten in der Nacht mit einer Knarre durch die Gegend schleichen und harmlose Trinker vor der Haustür überfallen.

Kurz dachte Markesch daran, die Sache mit dem Pistolero auszudiskutieren, aber er war zu müde und zu benommen, als daß er hoffen konnte, sich aus dieser Notlage herauszureden.

»Umdrehen«, befahl der Pistolero. »Langsam. Keinen Fehler machen, verstanden?«

Markesch gehorchte. Er hatte noch nie großes Interesse gehabt, irgendeinen Fehler zu machen, und jetzt schon gar nicht. Wie gewünscht, drehte er sich so langsam um, als hätte der große Regisseur im Himmel diese Szene seines Lebensfilms in Zeitlupe gedreht, und hoffte vage, einen Blick auf das Gesicht des Pistoleros werfen zu können, doch der zog die Anonymität vor und drehte sich mit ihm, wie ein besonders unerfreulicher siamesischer Zwilling, durch die Waffe mit ihm aufs engste verbunden.

Markesch schwitzte.

Die Nachtluft war kalt, aber er schwitzte trotzdem.

Er dachte an die Magnum, die schwer in der Innentasche seiner Lederjacke lag und bei jedem Herzschlag einen kleinen Sprung zu machen schien. Doch er wagte noch nicht einmal den Schlüsselbund einzustecken, den er noch immer in der Hand hielt, wie irgendeine Witzfigur, die die Haustür eines Luftschlosses aufschließen wollte und nicht konnte, weil sie sich in der Hausnummer geirrt hatte.

Er sah die parkenden Autos an, die sich am Straßenrand drängten, und erst jetzt fiel ihm der schwere, schwarze BMW mit den getönten Scheiben auf, der ein paar Schritte weiter in der zweiten Reihe parkte.

»Los«, sagte der Pistolero und versetzte ihm einen aufmunternden Stoß.

Markesch ging los. Der Motor des BMW sprang an, Rücklichter und Scheinwerfer leuchteten auf und eine freundliche Hand öffnete die rechte Hintertür. Die Innenbeleuchtung blieb ausgeschaltet, die Insassen – drei Männer – waren nur schattenhaft zu erkennen.

Scheiße! dachte Markesch.

Seine Schritte wurden automatisch langsamer, doch da bekam er einen weiteren aufmunternden Stoß, der ihn bis vor die offene Wagentür trieb, und dann fiel er halb auf den Sitz, und jemand stülpte ihm eine Papptüte über den Kopf, während kundige Hände gleichzeitig seine Taschen durchwühlten und natürlich sofort die Magnum fanden.

Wie unerfreulich, dachte er.

»Kann nicht irgend jemand das Licht anmachen?« fragte er in die Dunkelheit unter der Papptüte.

»Still. Kein Wort.«

Er war still. Er kannte diesen Tonfall. Wer in diesem Tonfall sprach, duldete keinen Widerspruch, und wer war er denn, daß er mit einer Papptüte über dem Kopf vier schwerbewaffneten sizilianischen Mafiosi widersprechen konnte?

Danke, Ronnie, dachte er düster. Genauso habe ich mir das Rendezvous mit der Schutzgeldmafia vorgestellt. Die Einladung wird per Pistole überbracht, das Tragen einer Papptüte gehört zur Etikette. Hoffentlich gibt es wenigstens etwas zu trinken. Ein Grappa wäre nicht schlecht. Besser noch eine ganze Flasche.

Die Minuten tropften zäh dahin. Die Luft unter der Papptüte wurde allmählich schlecht, und er fragte sich ernsthaft, ob er unter diesen Bedingungen die Fahrt überhaupt überleben werde. Seine Kidnapper plauderten derweil auf italienisch miteinander und schienen alles in allem großartiger Laune zu sein, wenn er ihr Gelächter richtig interpretierte. Er konnte nur hoffen, daß es ein gutes Zeichen war.

Schließlich hielten sie an, der Motor erstarb, die Türen wurden geöffnet, und eine helfende Hand zog ihn aus dem Wagen und eine steile Treppe hinauf. Einer seiner Entführer sagte etwas; eine gedämpft klingende Stimme antwortete; dann wurden Riegel zurückgeschoben, eine Tür schwang quietschend auf und es ging über knarrende Holzdielen weiter.

Schließlich drückte man ihn auf einen Stuhl.

Flüstern. Schritte. Erwartungsvolle Stille, gefolgt von weiteren Schritten. Ein Stuhl wurde zurechtgerückt.

»Nehmt ihm die Tüte ab«, befahl eine sonore Stimme.

Der Befehl wurde ausgeführt. Grelles Licht blendete ihn. Er blinzelte in die starke Lampe, die direkt auf sein Gesicht gerichtet war. Hinter der Lampe erkannte er die Umrisse einer breitschultrigen Gestalt. Rechts und links vom Lichtkreis kahle Wände, von denen der Verputz abbröckelte. Ein staubiger Holzboden. Das war alles. Er spürte hinter sich die Gegenwart anderer Personen, aber er wagte nicht, sich umzudrehen. Seine Entführer legten großen Wert darauf, nicht erkannt zu werden, und das machte ihm Hoffnung.

Hätten sie vorgehabt, ihn umzubringen, hätte es keine Rolle gespielt, ob er ihre Gesichter sah oder nicht.

Der Mann hinter der Lampe räusperte sich.

»Wir haben gehört, daß Sie sich für uns interessieren. Daß Sie ein Gespräch mit uns suchen. Ein gemeinsamer Freund versicherte uns, daß man Ihnen vertrauen kann, aber Sie werden verstehen, daß wir daran unsere Zweifel haben.«

»Sicher«, knurrte Markesch. »Wem kann man heutzutage schon vertrauen? Höchstens sich selbst, und auch das nicht immer.«

Der Mann hinter der Lampe lachte leise. Aber sein Lachen verriet in etwa soviel Humor wie das Klappern einer Klapperschlange.

»Sie sind Realist. Das macht die Dinge einfach. Wir haben einige Erkundigungen über Sie eingeholt. Manches davon spricht für Sie; anderes hingegen löst bei uns gewisse Bedenken aus. Wir haben Sie zu uns gebeten, um diese Bedenken auszuräumen.«

»Im Bedenken ausräumen bin ich ganz groß«, versicherte Markesch. Nervös befeuchtete er seine Lippen. »Manchmal bin ich wochenlang nur damit beschäftigt.«

Der Mann lachte wieder. »Sie sind Privatdetektiv. Sie stellen Fragen, die niemand gern beantwortet, kümmern sich um Dinge, die Sie nichts angehen, und schnüffeln Leuten hinterher, die einen Schnüffler in etwa so dringend brauchen wie ein Furunkel am Hintern.«

Markesch seufzte. »Ich wußte ja, daß die Branche ein schlechtes Image hat, aber...«

Ein Schlag traf ihn am Kopf. »Still!« zischte einer seiner anonymen Bewacher. »Du redest nur, wenn du gefragt wirst!«

Markesch preßte die Lippen zusammen und verschluckte eine wütende Erwiderung.

»Sie leben vom Schmutz und Unrat Ihrer Mitmenschen«, fuhr der Mann hinter der Lampe freundlich fort. »Wir verstehen das. Ein Mann muß von irgend etwas leben. Dagegen ist nichts einzuwenden. Aber wir müssen ebenfalls leben, und unsere Geschäfte sind so sensibel, daß sie keine neugierigen Fragen vertragen. Neugierige Fragen beunruhigen uns, und wenn wir dann noch erfahren, daß der Fragesteller ein Schnüffler mit guten Beziehungen zur Polizei ist ...«

Er führte den Satz nicht zu Ende.

Die unausgesprochenen Worte hingen schwer in der Luft, wie ein Fallbeil, das über Markeschs Kopf schwebte und nur darauf wartete, nach unten zu sausen und zu trennen, was die Natur so perfekt zusammengefügt hatte.

Er schluckte.

Sein Mund war so trocken, wie es keine Wüste jemals sein konnte, und mit Entsetzen wurde ihm bewußt, daß seine sizilianischen Gastgeber nicht nur ein völlig falsches Bild von der Schnüfflerbranche im allgemeinen, sondern auch von ihm als Schnüffler im besonderen hatten.

»In meinem Job kommt man ohne Kontakte zur Polizei nicht aus«, sagte er heiser. »Aber das bedeutet nicht, daß ich für die Polizei arbeite. Ich bin Privatdetektiv, kein gottverdammter Spitzel.«

»Das hat uns unser gemeinsamer Freund auch versichert«, sagte der Mann hinter der Lampe. »Gut. Wir werden Ihnen vertrauen. Vorläufig.«

»Sie ahnen gar nicht, wie froh mich das stimmt«, meinte Markesch. »Und wo soviel Vertrauen ist, sollte man auch ganz offen miteinander reden, und zwar über diese beiden Armleuchter, die Sie ins *Café Regenbogen* geschickt haben. Hören Sie, ich ...«

»Wir haben niemand in dieses Café geschickt. Nach dem, was uns unser gemeinsamer Freund über den Vorfall erzählt hat, scheint es sich bei Ihren Besuchern um Amateure zu handeln. Trittbrettfahrer, die von unserer erfolgreichen Geschäftsmethode profitieren wollen. Wir sind ganz und gar nicht glücklich darüber.«

Markesch blinzelte ins grelle Licht. Er hatte so etwas bereits vermutet, aber er war trotzdem enttäuscht. Wenn

Laurel und Hardy nicht für die italienische Schutzgeldmafia arbeiteten, für wen arbeiteten sie dann? Daß sie allein auf den Gedanken gekommen waren, die Mafiamethoden zu kopieren, war schwerlich vorstellbar — sie waren eher der Handlangertyp, halb so intelligent wie eine Gurke und doppelt so brutal wie eine Planierraupe — irgend jemand mußte hinter ihnen stehen und den Plan ausgebrütet haben.

»Tscha«, sagte er, »dann frage ich mich, was ich hier eigentlich soll. Ich meine, Sie haben mich doch nicht eingeladen, weil Sie sonst niemand kennen, mit dem Sie so nett plaudern können, oder?«

»Eine scharfsinnige Feststellung. Wie Sie sich sicher denken können, lehnen wir Konkurrenz im Geschäft schon aus grundsätzlichen Erwägungen ab. Wir haben also ein großes und berechtigtes Interesse daran, diesen beiden Armleuchtern, wie Sie so treffend formuliert haben, das Handwerk zu legen. Wir dachten uns, daß Sie uns dabei helfen können. Immerhin sind Sie der professionelle Schnüffler...«

»Sie wollen mich engagieren?« fragte Markesch.

»Wir wollen, daß Sie uns auf dem laufenden halten«, sagte der Mann hinter der Lampe sanft.

»Wir wollen außerdem, daß Sie die Lösung dieses Problems uns überlassen. Wir möchten nicht, daß die Polizei tätig wird. Wir haben kein Vertrauen zu den Behörden, wir glauben nicht an die abschreckende Wirkung der Strafjustiz. Nach unserer Überzeugung gibt es nur eine Möglichkeit, unsere legitimen Geschäftsinteressen zu wahren: durch sofortige Ausschaltung jeder Konkurrenz.«

»Mit anderen Worten, Sie wollen sie umlegen.«

»Ein häßliches Wort.«

»Noch häßlicher wird's, wenn das häßliche Wort in die häßliche Tat umgesetzt wird.«

»Unsere Zeit ist zu knapp, um sie mit überflüssigen Diskussionen zu verschwenden. Sie wissen nun, was wir von Ihnen erwarten. Im übrigen dürfte auch Ihnen an einer schnellen und endgültigen Lösung dieses Problems gelegen sein.«

Markesch sagte nichts.

Laurel und Hardy hatten zweifellos Strafe verdient, und mit ihren Umgangsformen würden sie eines nicht allzu fernen Tages sowieso in einem Faß voller Beton landen und im Aachener Weiher versenkt werden. Aber wenn sie von den Mafiosi umgelegt wurden, konnte Archimedes bis zum Jüngsten Tag auf den Schadenersatz für das zertrümmerte Mobiliar warten, und Markesch bezweifelte, ob das Jüngste Gericht für Schadenersatzforderungen überhaupt zuständig war.

»Nun?« sagte der Mann hinter der Lampe.

»Ich werde tun, was ich kann«, antwortete Markesch ausweichend.

»Sie werden tun, was wir verlangen«, korrigierte die gesichtslose sonore Stimme. »Sie können uns über unseren gemeinsamen Freund erreichen. Wir erwarten, bald von Ihnen zu hören.«

»Sicher«, brummte Markesch. »Danke für den großartigen Abend. Es war eine tolle Party.«

Hinter ihm knisterte die Papptüte, und resigniert ließ er zu, daß sie ihm wieder über den Kopf gestülpt wurde. Man zerrte ihn vom Stuhl und die Treppe hinunter in den Wagen.

Fantastisch, dachte Markesch, während der BMW anfuhr. Wahrscheinlich bin ich der erste Schnüffler, der für die Mafia arbeiten soll. Und das ohne Honorar.

Finster brütete er in der Finsternis unter der Papptüte vor sich hin, bis der Wagen schließlich anhielt, die Tür aufgestoßen und er nach draußen gezerrt wurde. Alles spielte sich in völligem Schweigen ab, als hätte man seinen Bewachern schon auf der Mafiaschule beigebracht, daß Worte eine bedrohliche Atmosphäre nur zerstörten und die Fantasie des Opfers die beste Waffe des Täters war. Jemand stopfte ihm etwas Hartes in die Tasche, und er konnte nur hoffen, daß es seine Magnum und keine Bombe war.

»Was ist mit der verdammten Tüte?« fragte Markesch verdrossen. »Soll ich jetzt für den Rest meiner Tage mit dieser verdammten Tüte durch die Gegend laufen?«

Der Pistolero lachte wie ein besonders hämischer Lachsack. »Gute Idee. Würde dich hübscher machen. Aber nein – du wartest, bis wir weg sind. Wenn wir weg sind, kann die Tüte runter. Vorher nicht. Was du nicht siehst, belastet dich auch nicht.«

»Wer will schon eure Gesichter sehen?« knurrte Markesch. »So was schlägt nur auf den Magen. Ich will doch nicht, daß mir der Whisky hochkommt.«

Er hörte einen Fluch, und dann bohrte sich eine Faust mit solcher Wucht in seinen Bauch, daß er schon fürchtete, sie würde am Rücken wieder heraustreten. Stöhnend krümmte er sich zusammen. Durch den Nebel aus Schmerz und Übelkeit hörte er, wie sich die Schritte des Pistoleros entfernten. Dann schlug die Autotür zu.

Der Motor heulte auf.

Markesch griff nach der Tüte und riß sie sich mit einem Ruck vom Kopf.

Mit quietschenden Reifen schoß der BMW davon. Er war schnell, aber Markesch hatte gute Augen und nur auf diesen Moment gewartet, und ehe der BMW hinter der nächsten Straßenecke verschwand, hatte er sich das Kennzeichen unauslöschlich eingeprägt.

Er lächelte verzerrt.

Diese Bastarde!

Glaubten die im Ernst, sie könnten ihn mit einer Papptüte und einem Schlag in die Magengrube so einschüchtern, daß er wie irgendein kleiner hasenfüßiger Pizzabäcker nach ihrer Pfeife tanzte? Er war doch nicht Privatschnüffler geworden, um für die Henker der Mafia den Wasserträger zu spielen!

»Euch mach' ich fertig«, knirschte er. »Zum Teufel, euch mach' ich fertig, und sollte ich selbst dabei draufgehen!«

Wütend trat er gegen die Tüte.

Enke, dachte er. Mein alter Freund Enke von der Drogenfahndung. Er muß wissen, wer die SoKo Schutzgeldmafia leitet. Vielleicht ist ein Autokennzeichen nicht viel, aber wie ich die Jungs vom Waidmarkt kenne, tappen sie in Sachen Pizzeria-Erpressung noch immer so im Dunkeln wie ein Blinder in einem fensterlosen Keller. Und so ein kleiner Tip ist nicht nur eine staatstragende Sache, sondern auch eine freundschaftliche Geste, die geradezu nach einer Gegenleistung verlangt.

Morgen, dachte er. In aller Frühe.

Er wandte sich ab und stiefelte die Straße hinunter. Immerhin hatten ihn die Bastarde in der Nähe seiner Wohnung abgesetzt. Das rettete sie zwar nicht vor seinem gerechten Zorn, ihn aber vor einer ermüdenden Nachtwanderung.

An der Haustür angekommen, suchte er wieder nach seinem Schlüsselbund, als ihm der Zettel auffiel, der an der Klingelleiste klebte. Er riß ihn ab.

Laurel und Hardy haben sich wieder gemeldet. Jetzt verlangen diese Arschlöcher glatte viertausend Mark! Wenn Du nicht bald etwas unternimmst, sind wir beide ruiniert, und das auch noch vor Weihnachten! Ich habe noch ein paar Leute zusammengetrommelt, die mit Wagenhebern und Stemmeisen umgehen können, und campiere mit ihnen im Café. Das darf kein Dauerzustand werden! Was sollen meine Frauen dazu sagen? Wir verlassen uns auf Dich und haben nicht vor, von Dir enttäuscht zu werden!
Archimedes
P. S. Hilling hat angerufen! Dringend! Du sollst morgen so früh wie möglich bei ihm aufkreuzen!

Markesch knüllte den Zettel zusammen und schob ihn in die Tasche.

Hilling.

Vielleicht hatte sich seine Enkelin gemeldet. Vielleicht war sie ja sogar ins großväterliche Haus zurückgekehrt. Vielleicht löste sich der Fall Hilling auf wundersame Weise in Wohlgefallen auf.

Aber er hoffte es nicht.

Schon im Interesse seines Erfolgshonorars.

7

Am Morgen quälte sich der Himmel eine Handvoll schüchterner Schneeflocken ab, in dem halbherzigen Versuch, an die fast vergessene Tradition der weißen Weihnacht anzuknüpfen. Doch die Flocken schmolzen, kaum daß sie den Boden berührt hatten, und der Himmel gab auf und überließ den Winter wieder der Sturmfront, die vom Atlantik auf Westeuropa zurollte.

Markesch war früher aufgestanden, als es einem Mann in seinem Alter guttun konnte, und der Wetterbericht brachte ihn fast dazu, wieder ins Bett zu gehen, doch dann siegte sein Pflichtbewußtsein und er machte sich auf den Weg zum *Café Regenbogen*, um sich mit dem üblichen Frühstück aus Scotch und Kaffee für den Besuch bei Anton Hilling zu stärken.

Das *Regenbogen* hatte soeben erst geöffnet und war bis auf Sophie und drei muskelbepackte bärtige Griechen leer, die tatsächlich so aussahen, als könnten sie mit Wagenhebern und Stemmeisen umgehen.

Archimedes' kurzfristig zusammengetrommelte Schutztruppe, bei einer Flasche Scotch den bösen Feind erwartend.

Die griechischen Muskelmänner starrten ihn beim Eintreten an, als würden sie am liebsten zu ihren Wagenhebern und Stemmeisen greifen und ihn aus dem Café prügeln, aber zum Glück wurden sie von Sophie informiert, daß er schon seit Jahren tot und außerdem Archimedes' größter Schuldner sei.

Markesch dankte es ihr mit einem zähnebleckenden Grinsen und dem Versprechen, sie demnächst zum Tanz auf dem Südfriedhof auszuführen.

Archimedes war nirgendwo zu sehen. Markesch befürchtete schon, daß er vor den Drohungen der Erpresser kapituliert und sich zur Bank begeben hatte, um die ruinös hohe Schutzgeldgebühr abzuholen, doch ein Zettel auf seinem Tisch löste das Rätsel — der umtriebige Grieche war nach der durchwachten Nacht ins Bett einer seiner zahlreichen Freundinnen geeilt, ein Deserteur der Liebe wegen.

Großartig, dachte Markesch verdrossen. Das Schiff ist noch nicht einmal gesunken, aber der Kapitän geht bereits von Bord.

Während er darauf wartete, daß ihm Sophie das Frühstück servierte, rief er Kriminalkommissar Enke vom Kölner Rauschgiftdezernat an, der seinen rasanten Aufstieg vom einfachen Verkehrspolizisten zum berüchtigsten Drogenfahnder der Stadt nicht seiner eigenen Tüchtigkeit, sondern einzig und allein Markeschs heißen Tips zu verdanken hatte, eine Tatsache, die Enke noch mehr haßte als die Dealer, die er jagte. Er war auch gar nicht erfreut, Markeschs Stimme zu hören, und faselte irgend etwas von aufdringlichen Privatschnüfflern und der Einführung der Todesstrafe für Anrufe vor zehn Uhr morgens. Erst als ihm Markesch dezent andeutete, daß er eine großartige Chance hatte, der Kölner Schutzgeldmafia auf die Spur zu kommen, wenn er ihm als Gegenleistung einen kleinen Gefallen tat, besserte sich seine Stimmung schlagartig. Markesch nannte ihm das Kennzeichen des BMWs, garniert mit einer farbigen Schilderung der nächtlichen Entführung, und erhielt dafür Enkes Zusage, den Polizeicomputer nach allen Kriminellen abzufragen, die auch nur entfernte Ähnlichkeit mit Laurel und Hardy hatten.

Zufrieden legte Markesch auf.

Sophie brachte Kaffee und Scotch, sah dabei so bedeutungsvoll auf die Uhr, als wäre es gesetzlich verboten, einen unerfreulichen Dezembertag mit Whisky zu beginnen, und murmelte etwas von Mumifizierung in reinem Alkohol und ähnlich konfusen Dingen, wie sie sich nur eine Achtzehnjährige mit blühender Fantasie ausdenken konnte. Markesch nickte väterlich, kippte den Scotch hinunter und rührte eine Weile in seinem Kaffee, bis sie ihre Erziehungsversuche aufgab und sich den anderen Frühstücksgästen zuwandte, einer bunten Mischung aus Tagedieben, verbummelten Studenten und selbsternannten Künstlern, die alle auf ihre Anerkennung als Frührentner zu warten schienen.

Markesch machte, daß er nach draußen kam.

Der Verkehr war so dicht, daß es eine halbe Ewigkeit dauerte, bis er sich mit seinem rostigen Ford in die endlose Autokarawane einfädeln konnte. Er fuhr Richtung Zollstock und dann am Volksgarten vorbei, kämpfte sich über den verstopften Ubierring zur Rheinuferstraße durch und rollte im Schrittempo bis zur Zoobrücke. Erst als der Rhein hinter ihm lag, auf der A 4, die alle störenden Hindernisse unter einer dicken Schicht aus Asphalt begraben hatte, wurde der Verkehr flüssiger. Kompromißlos drückte er das Gaspedal bis zum Boden durch und brauste den grünen Hügeln des Oberbergischen Landes entgegen.

An der Autobahnausfahrt Untereschbach verließ er die A 4 und folgte den unfallträchtigen Landstraßen, die sich in kühnen Schlangenlinien durch Berg und Tal wanden, an Wiesen und Weiden vorbei, malerischen Dörfern, stillen Weihern und verspielt dahinplätschernden Bächen, Natur pur, so idyllisch und intakt, daß es schon wieder aufdringlich wirkte.

Anton Hilling wohnte auf einer bewaldeten Anhöhe zwischen zwei Dörfern, die mehr Kühe und Hühner als Menschen beherbergten und der Landidylle entsprechend Apfelbaum und Birnbaum hießen. Die Zufahrt lag hinter einem ausgedehnten Scheunenkomplex verborgen, aus dem das vielstimmige Muhen glücklicher Kühe drang, und schwang sich holprig und kurvenreich zum Hügelkamm hinauf. Direkt hinter den Scheunen begann der Wald, kahle, knorrige Laubbäume, vom Winter entblättert, vom Sturm teilweise geknickt und gefällt, weiter oben in düsteres Nadelgehölz übergehend, nebeldurchzogen, abweisend und still, ein verwunschener Forst aus der Grimmschen Märchenwelt.

Der steile, morastige Weg war fast zuviel für Markeschs altersschwachen Ford. Mühsam quälte er sich die Anhöhe hinauf, schnaufend, mit rauchendem Kühler, und Markesch fragte sich, wie ein Mensch nur auf den aberwitzigen Gedanken kommen konnte, in eine derart gottverlassene Einöde zu ziehen, wo es weder Neonreklamen noch Verkehrsampeln gab und die nächste Eckkneipe eine Tagesreise entfernt lag.

Kein Wunder, daß es Angelika Hilling im Haus ihres Großvaters nicht mehr ausgehalten hatte.

Für einen achtzigjährigen, todkranken Greis mochte die Abgeschiedenheit ja eine Labsal sein, aber eine junge Frau brauchte die Lichter der Großstadt und das Fieber durchtanzter Samstagnächte.

Der Ford kämpfte sich schnaufend und stotternd um die letzte scharfe Kurve, und dort war es, Hillings Haus, an den Rand des Hügelkamms gebaut, hoch über dem weiten Tal thronend, von mächtigen, uralten Kiefern umstanden, ein ehrwürdiges Gemäuer mit schieferverkleideter, efeubewachsener Fassade, schmalen, hohen

Fenstern mit gerippten Verschlägen, spitzgiebeligem Dach und einer großzügigen, talwärts gelegenen Terrasse, von der die Aussicht atemberaubend sein mußte. Zumindest im Frühling, wenn alles grünte und blühte und die Sonne das Grau unter den Bäumen vertrieb.

Hilling schien nicht allein zu sein.

Vor dem Haus standen drei Autos; Hillings leichenwagenschwarzer Mercedes, ein feuerwehrroter Porsche und ein mausgrauer VW-Käfer, der etwas abseits geparkt war, wie aus Respekt vor den beiden Nobelkarossen.

Der Käfer gehörte zweifellos der gestrengen Mutter Oberin, jener stämmigen Krankenschwester, die Hilling zum *Café Regenbogen* begleitet hatte, aber über den Besitzer des Porsches konnte Markesch nur Vermutungen anstellen. Vielleicht war Angelika Hilling mit ihm heimgekehrt; oder der Alte war wesentlich rüstiger, als er aussah, und fuhr jeden Sonntag bei der Rentner-Rallye mit.

Markesch stieg aus und ging auf das Haus zu. Ehe er klingeln konnte, wurde die Tür bereits geöffnet – die stämmige Mutter Oberin sah ihm streng ins Gesicht.

»Da sind Sie ja endlich«, begrüßte sie ihn ungnädig. »Der Herr Oberst wartet schon seit dem frühen Morgen auf Sie.«

»Ich habe mich im Wald verirrt. Sie wissen doch, wie Stadtmenschen so sind – zuviel Natur verwirrt sie nur.« Er schob sich an ihr vorbei. »Was macht der alte Knabe?«

»Der Herr Oberst erwartet Sie im Jagdzimmer. Und Sie sollten sich um etwas mehr Respekt bemühen, junger Mann.«

»Kein Problem«, versicherte Markesch. »Respekt ist eins meiner liebsten Hobbies – noch vor dem Schnaps und den losen Weibern.«

Sie rümpfte verächtlich die Nase und führte ihn durch

den düsteren Korridor zur Tür am anderen Ende, an dem ein ausgestopfter Eberkopf mit tückischen Augen hing. Mit analytischer Brillanz schloß Markesch, daß sich dahinter das Jagdzimmer befand, und seine Vermutung sah er einen Moment später bestätigt. Der Raum war so mit Jagdtrophäen überladen, als hätte der gute Oberst die gesamte Tierwelt der umliegenden Landstriche massakriert: Hirschköpfe mit prächtigen Geweihen, Eber mit mörderischen Hauern, Füchse mit melancholischen Glasaugen, sogar ein Hase mit schlapp herunterhängenden Ohren. Die holzgetäfelte Decke war so niedrig, daß Markesch unwillkürlich den Schädel einzog. Schwere, geblümte Polstersessel, ein mächtiger runder Eichentisch und wie aus einem Stück geschnitzte, klobige Kommoden vertrieben den letzten Rest Leichtigkeit aus dem Zimmer.

Der Oberst a. D. saß mit bleichem Gesicht in einem Rollstuhl am Fenster, stierte hinaus in den Wald und sah alles in allem so kränklich aus, daß Markesch fast nach dem Einbalsamierer gerufen hätte. Er war nicht allein. Am anderen Fenster stand ein mittelgroßer, mittelalter, mittelschwerer Mann, dessen hervorstechendste Eigenschaft seine blühende Gesundheit war, die sich nicht nur in seinen rosigen Wangen, strahlenden Augen oder seidig glänzenden Haaren verriet, sondern mehr noch eine physische Ausstrahlung war. Eine geradezu unnatürliche Lebensfreude ging von ihm aus, die auf jedes Virus und jede Bakterie abschreckend wie eine Überdosis Antibiotika wirken mußte.

Markesch kam sich plötzlich klein, krank und lebensuntüchtig vor, eine vom Scotch gezeichnete menschliche Ruine, hoffnungslos in einen Lebenswandel verstrickt, vor dem jeder Arzt nur schaudernd warnen konnte.

»Sie kommen spät«, krächzte der Alte und drehte sich

mit seinem Rollstuhl zu ihm um. »Sehr laxe Dienstauffassung, junger Mann! Haben Sie irgend etwas zu Ihrer Entschuldigung vorzubringen?«

Markesch zuckte die Schultern.

»Nur das Übliche. Nichts, was Sie nicht schon einmal gehört hätten. Freuen wir uns doch gemeinsam, daß ich endlich hier bin.«

Der andere Mann lachte leise. Das Lachen kam aus dem Bauch, offen, ehrlich, ungekünstelt, und Markesch war sicher, es schon einmal gehört zu haben.

»Das ist Doktor Roth«, sagte der Alte. »Eugen Roth. Er war lange Jahre Angelikas Psychiater.«

»Wir kennen uns.« Roth gab Markesch die Hand. Wie nicht anders zu erwarten, war sein Händedruck genau so, wie ein Händedruck sein mußte: nicht zu schlaff, nicht zu fest, nicht zu feucht, nicht zu trocken, nicht zu flüchtig, nicht zu lange. Das gesunde Mittelmaß. »Vom Telefon. Ich freue mich wirklich, Sie persönlich kennenzulernen. Auch wenn die Umstände leider unerfreulich sind.«

»Was ist passiert?« fragte Markesch.

»Ich habe einen Anruf bekommen«, krächzte der Alte. »Gestern abend. Einen Erpresseranruf. Angelika ist entführt worden. Der Entführer verlangt eine Viertelmillion Mark. Die Übergabe soll heute stattfinden. Deshalb habe ich Sie zu mir zitiert. Ich brauche Ihre Hilfe.« Er verzog abfällig das Gesicht. »Obwohl ich mir inzwischen nicht mehr sicher bin, daß ich den richtigen Mann engagiert habe.«

Markesch pfiff leise durch die Zähne. »Hat der Anrufer sonst noch etwas gesagt? Haben Sie ein Lebenszeichen von Ihrer Enkelin bekommen?«

»Er sagte nur noch, ich solle nicht die Polizei einschalten, wenn mir Angelikas Leben lieb sei. Ließ mich gar nicht zu Wort kommen. Hatte sogar die Frechheit, mich einen alten Knochen zu schimpfen!«

Er schnaufte empört, und einen Moment lang hatte Markesch den Eindruck, daß ihn diese Beleidigung tiefer getroffen hatte als die Entführung seiner Enkelin. Vorausgesetzt, Angelika war tatsächlich entführt worden. Warum meldete sich der Kidnapper erst jetzt? Warum nicht schon früher? Sie war schon seit Wochen spurlos verschwunden... Andererseits erklärte es, warum sie sich weder bei ihren Sanyitenfreunden noch bei Doktor Roth oder ihrem Großvater gemeldet hatte.

Markesch räusperte sich.

»Wollen Sie zahlen? Und können Sie es? Eine Viertelmillion...«

»Ach was! Geld! Ich habe genug Geld! Eine Viertelmillion – lächerlich. Das Geld ist bereits hier. Natürlich werde ich zahlen. Es geht um das Leben meiner Enkelin!« Er hustete mit schmerzverzerrtem Gesicht. »Verdammt, Sie sehen doch, wie krank ich bin. Ich werde sterben. Und wenn ich vor meinem Tod noch einmal meine Enkelin wiedersehen kann, dann zahle ich.«

»Sie wollen die Polizei nicht einschalten?«

»Hören Sie nicht richtig?« hustete Hilling. »Dieser Schweinehund wird Angelika umbringen, wenn wir nicht auf seine Forderungen eingehen.«

»Trotzdem«, beharrte Markesch. »Wir gehen ein großes Risiko ein, wenn wir die Polizei nicht informieren. Aber natürlich ist es Ihre Entscheidung.«

»Danke«, sagte Hilling trocken. »Freut mich, daß Ihnen gerade noch rechtzeitig einfällt, wer Ihnen Ihr Honorar zahlt.«

»Wir sollten dennoch auf ein Lebenszeichen von Angelika bestehen. Die Sache gefällt mir nicht.«

Hilfesuchend sah er zu Doktor Roth. Der Psychiater nickte eifrig.

»Ganz meine Meinung, Anton«, sagte er. »Hören Sie auf Markesch. Schließlich ist er eine Art Fachmann auf diesem Gebiet. Und es geht immerhin um eine Viertelmillion Mark. Ehe wir zahlen, sollten wir Gewißheit haben.« Er zögerte einen Moment. »Offen gestanden, ich habe meine Zweifel, ob wirklich eine Entführung vorliegt, und ich ...«

Markesch hob überrascht die Brauen, aber ehe der Psychiater seine Zweifel näher erläutern konnte, brachte ihn der Alte mit einem barschen Wink zum Schweigen.

»Schluß damit! Es ist nicht Ihr Geld, Eugen. Und Ihres auch nicht, Markesch. Ich habe meine Entscheidung getroffen, und dabei bleibt es. Es wird alles so gemacht, wie es der Entführer verlangt hat.«

Doktor Roth hob resignierend die Schultern und wandte sich wieder zum Fenster, als hoffte er, Angelika Hilling hinter der nächsten Kiefer hervorspringen zu sehen und so die Viertelmillion vor dem Zugriff des Entführers zu retten.

»Okay«, brummte Markesch. »Okay, Sie sind der Boß. Es ist Ihr Geld, Ihre Enkelin, Ihre Entscheidung. Wo und wann soll das Lösegeld übergeben werden?«

»Heute nachmittag.« Hilling hustete wieder und schob ein paar bunte Pillen in den Mund, wie ein Kind, das Bonbons lutscht. »Sechzehn Uhr. Auf dem Neumarkt in Köln. Eigentlich sollte ich das Geld übergeben, aber das habe ich dem Schweinehund ausreden können. Die Aufregung – ich würde sie nicht überleben. Das Herz, die Lunge ...« Er hustete, wie um seine Worte zu bestätigen. »Ich habe ihm gesagt, daß ich einen Mann meines Vertrauens mit dem Geldkoffer schicken werde, zu erkennen an einer roten Rose im Knopfloch ...«

Hillings Gesicht bekam plötzlich einen träumerischen, fast verlorenen Ausdruck, und verblüfft entdeckte Markesch, wie sich Tränen in seinen Augen sammelten und zwei feuchte Spuren über die eingefallenen Wangen zeichneten.

»Angelika liebt Rosen«, murmelte er. »Haben Sie die Rosenstöcke hinter dem Haus gesehen? Sie sind ihr Werk. Wenn sie blühen, scheint das ganze Haus in Flammen zu stehen.«

Er schüttelte heftig den Kopf, als wollte er die sentimentale Anwandlung mit Gewalt abschütteln, doch es gelang ihm nicht. Flehend sah er Markesch an, ein alter, einsamer, verzweifelter Mann, dem das Leben zwischen den Fingern zerrann und der im Angesicht des Todes erkannte, daß sein Herz nicht aus Stein, sondern so weich und verwundbar war wie das Herz jedes anderen Menschen.

»Bitte«, krächzte er, »bringen Sie mir meine Enkelin zurück. Sie ist alles, was ich noch habe. Ich möchte sie noch einmal sehen, sie um... Verständnis bitten. Um Vergebung. Ich bin kein guter Mensch gewesen, wissen Sie, ich war nicht so gut zu ihr, wie es ein Großvater zu seiner Enkelin sein sollte. Nach der schweren Zeit, die sie durchgemacht hat, hätte sie einen Halt gebraucht, Trost, Verständnis. Aber ich war zu blind, zu sehr mit mir und meiner Krankheit beschäftigt. Alte Menschen sind eigensüchtig. Sie sollten abgeklärt sein, aber sie sind es nicht. Da ist nur noch diese kurze, diese schrecklich kurze Zeit zwischen ihnen und dem Grab, und plötzlich begreifen sie, was sie alles versäumt, was sie alles falsch gemacht haben. So viele Fehler! Ich... ich muß diese Fehler wiedergutmachen, verstehen Sie?«

Er atmete rasselnd, mühsam, hustete wieder, wischte

mit einer ärgerlichen Bewegung die Tränen vom Gesicht.

»Aber was geht das Sie an?« stieß er hervor, von seinem eigenen Gefühlsausbruch peinlich berührt. »Ich bezahle Sie, damit Sie mir meine Enkelin zurückbringen, also tun Sie etwas für Ihr Geld. Doktor Roth wird Ihnen den Koffer bringen und Sie...«

»Einen Moment, Anton«, warf der Psychiater ein. »Ich glaube, wir sind uns alle darin einig, daß Angelikas Leben und Gesundheit am wichtigsten sind und wir alles tun müssen, um sie aus den Händen ihrer Entführer zu befreien. Aber wir sollten schon in Angelikas Interesse umsichtig vorgehen. Was ist, wenn der Entführer das Geld an sich nimmt, Angelika aber nicht freiläßt, sondern neue Forderungen stellt?«

»Das Risiko besteht«, nickte Markesch.

»Deshalb schlage ich vor, daß ich das Geld überbringe — während unser Freund Markesch als eine Art Sicherheitsreserve fungiert, sich im Hintergrund hält und versucht, den Entführer nach der Übergabe zu verfolgen.«

»Und wenn der Schweinehund etwas merkt?« ereiferte sich Hilling. »Wenn er merkt, daß er verfolgt wird, und Angelika umbringt?«

»Lassen Sie das meine Sorge sein«, sagte Markesch. »So etwas gehört zu meinem Job. Ich lebe davon, andere Leute heimlich zu verfolgen, vergessen Sie das nicht. Doktor Roth hat recht. Wir können uns nicht einfach auf das Versprechen irgendeines Kriminellen verlassen.«

Hilling wirkte nicht überzeugt, aber schließlich seufzte er und meinte resignierend: »Einverstanden. Sie sind der Fachmann. Tun Sie, was Sie für richtig halten. Bringen Sie mir Angelika zurück. Das ist alles, was ich von Ihnen verlange.«

Er brach wieder in einen schweren Hustenanfall aus,

und als hätte sie die ganze Zeit an der Tür gelauscht und nur auf diesen Moment gewartet, platzte die Krankenschwester ins Zimmer und fuchtelte wütend mit den Armen.

»Genug! Genug jetzt! Sehen Sie denn nicht, daß der Herr Oberst krank ist? Er braucht Ruhe, Schonung. Gehen Sie! Gehen Sie endlich!«

Sie eilte mit flatterndem Kittel zum Rollstuhl und beugte sich über den hustenden Greis, wie eine große weiße Vogelmutter, der man ein Kuckucksei ins Nest geschmuggelt hat, aus dem ein besonders häßliches und liebebedürftiges Küken geschlüpft ist.

Doktor Roth zog Markesch sanft aus dem Zimmer. Im Korridor entschuldigte er sich und verschwand kurz in einem anderen Raum, um mit einem schwarzen Aktenkoffer zurückzukommen. Er klappte den Koffer auf, und Markesch hatte das erhebende Gefühl, einen Blick ins Paradies werfen zu dürfen: bündelweise Hundertmarkscheine, so strahlend blau, wie es nicht einmal der Himmel an einem schönen Frühlingstag sein konnte, die Offenbarung des Gottes Mammon, so greifbar nah und doch so fern...

Der Psychiater klappte den Koffer wieder zu, und Markesch erwachte wie aus einem Trancezustand.

»So einen Koffer habe ich mir immer zu Weihnachten gewünscht und nie bekommen«, brummte er. »Hart für ein Kind, finden Sie nicht auch?«

»Aus psychiatrischer Sicht ist Geld eher ein Hindernis auf dem Weg zur Reifung der Persönlichkeit«, meinte Roth mit klinischer Sachlichkeit. »Die Erfüllung materieller Bedürfnisse lenkt nur von den seelischen Defiziten ab. Deshalb sind die Reichen auch so unglücklich. Sie glauben, alles zu haben, aber sie leiden trotzdem an einer inneren Leere, die sich durch keine Jacht, keine Villa, keinen Privatjet füllen läßt.«

»Was für eine Tragödie! Ein Glück, daß ich nicht als Millionär zur Welt gekommen bin.«

Sie gingen nach draußen.

»Ich bin froh, daß Sie nicht darauf bestanden haben, die Polizei einzuschalten«, sagte Roth übergangslos. »Ich wollte es in Antons Gegenwart nicht erwähnen, um ihn nicht unnötig aufzuregen, aber ... ich glaube nicht, daß wir es mit einer echten Entführung zu tun haben. Ich meine, ich habe keine Beweise, es ist nur ein Gefühl, Intuition, wenn Sie so wollen, aber ... Es könnte durchaus sein, daß es Angelika ist, die hinter dieser Entführung steckt. Daß sie sie selbst inszeniert hat.«

Markesch runzelte die Stirn. »Warum sollte sie so etwas tun? Um an Geld zu kommen? So wie ich das sehe, braucht sie den alten Hilling doch nur anzurufen, und er würde ihr alles geben, was sie will.«

»Vielleicht geht es ihr gar nicht um das Geld. Vielleicht geht es ihr um etwas anderes, um Rache. Ich weiß aus der Therapie, wie gespannt Angelikas Verhältnis zu ihrem Großvater ist. Die Lieblosigkeit, mit der er sie nach dem Tod ihrer Eltern behandelt hat, in einer Zeit, als sie ohnehin psychisch sehr labil war, hat tiefe Wunden hinterlassen. Durchaus denkbar, daß diese Entführung – genau wie ihr monatelanges Schweigen – Teil eines Psychodramas ist.«

»Denkbar ist alles«, räumte Markesch ein. »Aber wollen Sie darauf eine Wette eingehen? Die Übergabe des Geldes platzen lassen? Und wenn Sie sich irren, was dann?«

»Natürlich werde ich das Geld übergeben! Ich meine, in gewisser Hinsicht ist es ja auch Angelikas Geld.

Schließlich wird sie alles erben, wenn Anton stirbt. Viel mehr als nur diese Viertelmillion.«

Roth klopfte gegen den Koffer.

Allmählich begriff Markesch, worauf er hinaus wollte. »Sie glauben, ein echter Entführer hätte wesentlich mehr Geld verlangt?«

»Anton könnte problemlos das Zehnfache zahlen«, nickte Roth. »Verstehen Sie jetzt, daß es mir schwerfällt, an eine Entführung zu glauben?«

»Überschätzen Sie nicht die Intelligenz der Kriminellen. Die meisten Ganoven können es an Intelligenz nicht einmal mit einer Zahnbürste aufnehmen.« Er sah auf seine Uhr. »Okay, ich habe noch ein paar Vorbereitungen zu treffen. Sorgen Sie dafür, daß Sie spätestens um halb vier am Neumarkt sind, am Taxistand an der Schildergasse. Und wundern Sie sich nicht, wenn Sie mich nicht sofort erkennen.«

Markesch grinste.

»Nicht umsonst nennt man mich auch den Meister der Maske. Ich glaube, ich habe eine gute Idee, wie ich Sie und den Koffer im Auge behalten kann, ohne daß unser Entführer mißtrauisch wird.«

»In Ordnung. Ich werde pünktlich sein.« Roth wandte sich ab und ging zu dem feuerwehrroten Porsche.

»Ach, Doktor...«

»Ja?«

Markeschs Grinsen wurde noch eine Spur breiter. »Passen Sie auf den Koffer auf. Es wäre doch jammerschade um das viele Geld.«

»Sie können sich auf mich verlassen«, antwortete Roth sichtlich pikiert. Er riß die Wagentür auf, stieg ein und fuhr grußlos davon.

Markesch sah dem Porsche nach, bis er zwischen den

Bäumen verschwunden war. Dann wanderten seine Blicke zu seinem altersschwachen, rostigen Ford, und eine steile Falte erschien auf seiner Stirn.

Warum bin ich eigentlich nicht Psychiater geworden? fragte er sich verdrossen. Als Privatschnüffler hat man auch nur mit Verrückten zu tun, aber man wird wesentlich schlechter bezahlt. Hätte ich mir rechtzeitig eine Couch zugelegt, würde ich jetzt auch Porsche fahren. Ich könnte von den Macken meiner lieben Mitmenschen in Saus und Braus leben! Statt dessen muß ich mich mit Kidnappern, Schutzgelderpressern und Mafiakillern herumschlagen. Ich muß wirklich verrückt sein!

Und mit diesen erhebenden Gedanken machte er sich auf den Rückweg nach Köln, entschlossen, sich so bald wie möglich eine Couch anzuschaffen, oder zumindest eine Flasche Scotch, sollte sich die Couch als zu teuer erweisen.

Sie würde bestimmt zu teuer sein.

Keine Frage.

Einfach unerschwinglich.

Und überhaupt...

8

Der Weihnachtsmarkt auf dem Kölner Neumarkt war vielleicht nicht der schönste der Republik, dafür aber der glühweinseligste. An jeder zweiten Bude wurde der heiße, rote, mit diversen Gewürzen auf festlich getrimmte Rebensaft ausgeschenkt und von den Massen der Besucher in Massen genossen. Die Kerzenhändler und Schmuckverkäufer, die Lamettadealer und Lebkuchenbäcker und all das übrige geschäftige Volk, das mit dem christlichen Fest der Liebe die schnelle Mark machen wollte, hatte gegen die Glühweinköche keine Chance.

Markesch schwitzte und bahnte sich mühsam einen Weg durch die Menge, die wie eine besonders träge Flutwelle durch die Budengassen wogte. Die Temperatur lag knapp über dem Gefrierpunkt, aber er schwitzte, als hätte er literweise Glühwein getrunken, und fragte sich zum wohl hundertsten Mal, ob es wirklich so eine geniale Idee gewesen war, sich als Weihnachtsmann zu verkleiden. Der rote Kapuzenmantel bestand aus einem derart schweren, dicken Stoff, daß man ihn ohne weiteres zur Wärmedämmung in Dachstühlen verwenden konnte, und vermittelte ihm das Gefühl, sich im Innern einer tragbaren Minisauna zu befinden. Außerdem kitzelte der weiße Rauschebart, als wollte er ihn noch vor Sonnenuntergang um den Verstand bringen, und in den zwei Nummern zu kleinen Stiefeln rieb er sich die Füße wund.

Es war eine verdammte Art, auf Kidnapperjagd zu gehen.

Aber am schlimmsten waren die Kölner Pänz.

Ihnen fehlte jeder Respekt vor dem Weihnachtsmann. Einige hängten sich quengelnd an seinen Mantel, um ihm auf der Stelle ein Skateboard, einen Walkman oder einen Heimcomputer abzupressen; andere traten ihm wütend gegen das Schienbein, weil er im letzten Jahr ihren Wunschzettel ignoriert und statt der teuren Stereoanlage nur ein billiges Transistorradio geliefert hatte. Nur unter Einsatz seiner Rute gelang es ihm, die undankbaren Satansbraten zu vertreiben.

Doktor Eugen Roth schlenderte derweil mit einer Rose im Knopfloch und dem Geldkoffer in der Hand von Glühweinstand zu Glühweinstand und wartete auf ein Lebenszeichen des Kidnappers.

Markesch beeilte sich, um ihn nicht aus den Augen zu verlieren.

Inzwischen verstand er, warum der Entführer ausgerechnet den Weihnachtsmarkt als Geldübergabeort gewählt hatte. Wahrscheinlich hoffte er, den Koffer an sich zu reißen und unerkannt im Gedränge zu verschwinden.

Markesch lächelte böse hinter seinem Bart.

Aber der Hurensohn hatte die Rechnung ohne den Weihnachtsmann gemacht. Zweifellos war er bereits irgendwo in der Menge und wartete nur auf eine günstige Gelegenheit zum Zuschlagen. Wenn er sich sicher wähnte, daß Roth allein gekommen war und keine Beschatter im Schlepptau hatte, würde er aus der Anonymität der Masse auftauchen... und geradewegs dem Weihnachtsmann in die Arme laufen.

Zum Teufel, wer mißtraute schon dem Weihnachtsmann?

Nicht einmal der hartgesottenste Kidnapper konnte Übles dabei denken, wenn Santa Claus über den Weihnachtsmarkt stiefelte. Außerdem stand noch nicht einmal fest, daß sie es wirklich mit einem professionellen Entführer zu tun hatten.

Vielleicht hatte Doktor Roth recht und Angelika hatte ihre Entführung selbst inszeniert. Verdammt, er war schließlich ihr Psychiater; er mußte wissen, ob ihr ein derart schäbiges Manöver zuzutrauen war. Den eigenen Großvater um eine Viertelmillion zu erpressen ...

Haßte sie ihn wirklich so sehr?

Denn um das Geld konnte es ihr nicht gehen; wenn der Oberst starb, würde sie ohnehin alles erben. Blieb als Motiv also nur Haß, der Wunsch, ihn zu quälen, ihn in Angst und Schrecken zu versetzen.

So etwas kam in den besten Familien vor — vor allem in den besten Familien.

Doch wie paßte das zu Roths Behauptung, daß Angelikas Therapie erfolgreich verlaufen war und sie nach dem tragischen Tod ihrer Eltern neuen Lebensmut geschöpft hatte? Jemand, der dem eigenen todkranken Großvater so übel mitspielte, war von der geistigen Gesundheit so weit entfernt wie der Mond von der Erde.

Ganz davon abgesehen, sie mußte einen Helfershelfer haben. Jemand hatte den Oberst angerufen, jemand würde das Geld holen. Wer? Wen kannte Angelika gut genug, um mit ihm diesen verbrecherischen Plan in die Tat umzusetzen? Eigentlich nur Bikshu Arupa, doch den hatte sie schon vor Wochen verlassen.

Angeblich!

Markesch schüttelte den Kopf, wie um die unnützen Gedanken zu vertreiben. Er mußte sich auf Doktor Roth konzentrieren, den Geldkoffer. Eine Viertelmillion. Einen besseren Köder gab es gar nicht.

Roth blieb an einer auf Hexenhaus gestylten Zuckerbäckerbude stehen, sah ungeduldig auf seine Uhr, dann kurz zu Markesch hinüber und schlenderte weiter. Er hatte bereits zwei Runden über den Weihnachtsmarkt gedreht, ohne daß der Entführer Kontakt aufgenommen hatte. Vielleicht war er mißtrauisch geworden und ließ die Übergabe platzen. Vielleicht war das Ganze nur ein Test, um festzustellen, ob Hilling die Polizei eingeschaltet hatte oder nicht.

Markesch drängte sich durch das Gewimmel nörgelnder Kinder, gestreßter Mütter und glühweinseliger Väter und entdeckte an der U-Bahn-Treppe einen Rauschebartkollegen, einen großen, fetten Weihnachtsmann, der faul am Geländer lehnte, in seinen Sack griff, eine Flasche Bier herausholte, sie mit den Zähnen öffnete und in einem Zug leerte.

Markesch sah es mit Neid.

Ein kühler Schluck, das wäre was, dachte er, während ihm der Schweiß in den Rauschebart tropfte.

Roth verharrte an der Treppe und sah wieder auf die Uhr.

Plötzlich sprang der andere Weihnachtsmann auf ihn zu, schmetterte ihm die Faust ins Gesicht, entriß ihm den Geldkoffer und floh die Treppe hinunter.

»Oh, Scheiße!« sagte Markesch.

Er rannte los, an Roth vorbei, dem das Blut aus der Nase strömte, sprang die Stufen hinunter und erreichte die Unterführung. Wild sah er sich um. Dort! Da war der Hundesohn! Mit wehendem roten Mantel floh er den Aufgang Schildergasse hinauf. Markesch stürmte weiter und riß sich im Lauf den Bart vom Gesicht. Die Treppe. Schneller, schneller. Der Bastard durfte nicht entkommen, nicht mit der verdammten Viertelmillion. Sich als Weihnachtsmann zu verkleiden... Großartige Idee. Wollte wohl nicht erkannt werden, der Hundesohn. Hatte nur den kleinen Fehler, daß er in seinem Kostüm so auffällig wie ein Leuchtturm in der Nacht war.

Ich kriege dich! dachte Markesch. Gott, ich erwische dich!

Rücksichtslos kämpfte er sich die überfüllte Treppe hinauf, durch die Massen der Weihnachtseinkäufer, schwer mit Taschen beladen, hörte sie schimpfen und fluchen, hörte Taschen platzen und ihren Inhalt sich über die Stufen ergießen, und dann war er endlich oben auf der Schildergasse, und dort war er, der Bastard, hatte dreist ein halbes Dutzend Pänz um sich geschart und spielte den harmlosen Nikolaus.

»Hab' ich dich!« knirschte Markesch und riß ihn an der Schulter herum. »Raus mit dem Geld, aber sofort!«

»He, was soll das...?« Ein schmales, junges Gesicht, eine Nickelbrille. Arupa!

Triumphierend riß ihm Markesch den Rauschebart ab. Es war nicht Arupa. Es war irgendein Fremder.

»Zum Teufel, sind Sie wahnsinnig? Lassen Sie mich sofort los!«

Aus den Augenwinkeln sah Markesch etwas Rotes, den Mantel eines anderen Weihnachtsmanns. Er wirbelte herum. Und da war noch einer. Und noch einer. Mindestens ein halbes Dutzend gottverdammte Weihnachtsmänner! Und weiter die Schildergasse hinunter gab es noch mehr davon, Dutzende, vielleicht Hunderte, als hätten sich alle Weihnachtsmänner der Welt in Köln eingefunden, zur großen Weihnachtskonferenz. Unmöglich festzustellen, wer der richtige war, wer den Geldkoffer hatte.

Markesch stöhnte verzweifelt auf.

Dann sah er das Transparent, das über die Schildergasse gespannt war, tannengrün und schneeweiß, mit einem dicken, rotwangigen Weihnachtsmann auf einem durch die Lüfte fliegenden Rentierschlitten, darüber in goldenen Lettern die alles erklärenden Worte:

1. Kölner Weihnachtsmann-Treffen

Er starrte das Transparent an.
Er lachte.
Es war nicht komisch. Es war ganz und gar nicht komisch, aber er lachte trotzdem.
Ausgetrickst. Der Hundesohn hatte ihn ausgetrickst. Er hatte von diesem verfluchten Weihnachtsmann-Treffen gewußt und darauf seinen Fluchtplan aufgebaut. Es war aussichtslos. Selbst ein Großaufgebot der Polizei hätte keine Chance gehabt, ihn unter dieser Tausendschaft aus Weihnachtsmännern aufzuspüren. Und inzwischen war er vermutlich längst in irgendeinem stillen Winkel verschwunden, um sein Kostüm abzulegen, die Viertelmillion in eine Einkaufstüte zu packen und sich seelenruhig auf den Heimweg zu machen.
Eine Viertelmillion.
Einfach weg. Und von Angelika Hilling gab es keine Spur.
Markesch wandte sich ab, drehte der Weihnachtsmannarmee den Rücken zu, schälte sich aus seinem roten Mantel, ließ den Mantel achtlos fallen, schlurfte mit hängenden Schultern zur Treppe zurück, ein geschlagener Mann.
In der Unterführung kam ihm Doktor Roth entgegen.
»Was ist passiert? Haben Sie ihn? Wo ist das Geld? Großer Gott, er ist Ihnen doch nicht entwischt?«
»Sehen Sie ihn irgendwo?« knurrte Markesch. »Die Schildergasse wimmelt von Weihnachtsmännern. Es müssen Millionen sein. Der Bastard hat uns ausgetrickst.«
»Sie meinen, er ist weg? Er ist Ihnen mit dem Geld ent-

kommen?« Es klang fast befriedigt; als hätte er nichts anderes erwartet. »Mit anderen Worten, Sie haben *versagt*.«

»Sie sagen es.« Markesch ging weiter.

Roth lief ihm nach. »Aber was wollen Sie unternehmen? Sie müssen doch irgend etwas unternehmen! Haben Sie denn gar keinen Anhaltspunkt, keinen Verdacht?«

Roth zerrte an seinem Ärmel.

Markesch riß sich unwillig los. »Lassen Sie das! Ich muß etwas trinken, schon gegen den Schock — immerhin bin ich der erste Schnüffler, der vom Weihnachtsmann übers Ohr gehauen wurde. Dann werde ich nachdenken. Und anschließend werde ich handeln.«

»Sie wollen trinken? Jetzt? In dieser Situation? Obwohl das Geld weg ist und Sie nicht einmal einen vagen Verdacht haben, wer der Täter sein könnte?«

Da war etwas in Doktor Roths Tonfall, das Markesch ganz und gar nicht gefiel. Ein versteckter Triumph, eine böse Freude, als hätte der Psychiater von Anfang an damit gerechnet, daß er versagen würde. Markesch kannte diesen Tonfall. Er nannte sich Schadenfreude.

»Und was ist mit Hilling?« lamentierte der Doktor unverdrossen. »Was wollen Sie Hilling sagen?«

»Die Wahrheit. Was sonst?«

Roth winkte so entrüstet ab, als wäre die Wahrheit irgendeine besondere Perversion, an die man nicht einmal im Scherz denken durfte.

»Unmöglich! Sie wissen doch, wie krank er ist. Es könnte ihn umbringen. Nein, überlassen Sie das mir. Ich fahre zu ihm und kümmere mich um alles. Mir wird schon eine überzeugende Erklärung einfallen.«

Markesch zuckte die Schultern. »Wie Sie wollen. Ich melde mich später. Ich werde dem Weihnachtsmann schon auf die Spur kommen, verlassen Sie sich darauf. Vielleicht steckt ja dieser Sanyit dahinter. Es gibt da einige Punkte, die mir verdammt seltsam vorkommen – schon allein sein Beruf. Vom professionellen Gemüsesaftmixer zum erpresserischen Weihnachtsmann ist es nur ein kleiner Sprung, finden Sie nicht auch, Doktor?«

»Sie meinen Bikshu Arupa?« fragte Roth. »Sie glauben, daß er der Entführer ist?«

»Wenn er es ist, werde ich es herausfinden«, versicherte Markesch düster. »Und jetzt muß ich gehen – mein Scotch wartet.«

Er ging davon, die Treppe zum Weihnachtsmarkt hinauf, dem Ort seines dramatischen Scheiterns, und steuerte den nächsten Getränkestand an. Es gab keinen Scotch, doch ein Kölsch und ein Korn taten es auch. Während er trank und mit halbem Ohr den Weihnachtsweisen zuhörte, die aus einem lebkuchenförmigen Lautsprecher drangen, haderte er mit sich und seinem Schicksal.

Verdammt, er hätte selbst den Geldboten spielen sollen! Es war ein Fehler gewesen, den Koffer mit der Viertelmillion diesem Psychiater anzuvertrauen, der zwar aussah wie eine wandelnde Reklame für die Freuden des gesunden Lebens, aber schon nach einem einzigen Faustschlag zusammenklappte.

Eine Viertelmillion, dachte Markesch erschüttert. Weg! Einfach weg!

Er wagte sich gar nicht vorzustellen, wie der Oberst darauf reagieren würde. Aber vielleicht hielt der Entführer ja sein Wort und ließ Angelika Hilling frei. Vielleicht stand sie bereits vor der Tür des großväterlichen Hauses.

Aber wie Roth gesagt hatte – vielleicht steckte sie wirklich hinter der Entführung, und dann würde sie mit

Sicherheit nicht bei Opa Hilling auftauchen. Merkwürdig, daß Roth sie mit keinem Wort erwähnt hatte. Mußte am Schock gelegen haben. Und Porschefahrer waren ohnehin eine ganz besondere Rasse.

Genau wie Weihnachtsmänner.

Markesch stürzte den zweiten Korn hinunter und bestellte den nächsten.

Dieser Bastard! Einfach seinen Trick mit der Kostümierung zu kopieren und im Schutz der 1. Kölner Weihnachtsmannkonferenz zu verschwinden... dazu gehörte schon ein haarsträubendes Maß an Dreistigkeit. Und wie er seelenruhig die Bierflasche mit den Zähnen geöffnet und ausgesoffen hatte, während Roth und der Koffer nur zwei Schritte von ihm entfernt gewesen waren. Das war wirklich der Gipfel der...

Markesch stutzte.

Die Bierflasche mit den Zähnen geöffnet... mit den Zähnen... und er war dick gewesen, früher sicher muskulös, doch inzwischen verfettet, dick und etwa einen Kopf größer als er...

»Ich Idiot!« stieß Markesch hervor. »Ich verdammter Idiot! Natürlich! Das ist es!«

Er stürmte los.

Und er hoffte, daß er noch rechtzeitig ankam, um den Weihnachtsmann, der seine Bierflaschen mit den Zähnen zu öffnen pflegte, die Bescherung gründlich zu verderben.

9

Markesch brauste in seinem rostigen Ford durch die vorweihnachtliche Stadt, und die Stadt gehörte ihm. Der Verkehr war so dicht und zähflüssig, als hätten alle anderen Autofahrer die Bremse zu ihrem Gott erhoben, aber Markesch bremste nicht – sein Gott war das Gaspedal, und er drückte es gnadenlos bis zum Boden durch. Mit artistischer Geschicklichkeit zwängte er sich in jede Lücke, die sich in der rollenden Blechkarawane auftat, wechselte abrupt die Fahrspur, scheuchte mit Hupe und Lichthupe Kleinwagen und Schwerlaster aus dem Weg und bretterte mit Tempo Hundert über jede Ampel, die so aberwitzig war, vor ihm auf Rot zu springen.

Gelegentlich hatte er das vage Gefühl, gegen die eine oder andere Verkehrsregel zu verstoßen, aber er war nicht Privatdetektiv geworden, weil er von Natur aus edel, gut und gesetzestreu war. Außerdem war die Straßenverkehrsordnung eine Sache und ein Koffer mit einer Viertelmillion Deutsche Mark eine andere.

Endlich lag die Innenstadt hinter ihm, und er schoß über die A 57 dem Autobahnkreuz Köln-Nord entgegen, den Fuß so fest aufs Gaspedal gedrückt, als wäre es das Genick jenes erpresserischen Weihnachtsmanns, der geglaubt hatte, einen hartgesottenen Privatschnüffler wie ihn austricksen zu können.

Er lachte wild und zog an einem silbergrauen BMW vorbei, der mit einem ganzen Sammelsurium von Stickern und Plaketten beklebt war, angefangen vom flehenden *Rettet den deutschen Wald* über das mahnende *Baby an Bord!* bis hin zum rebellischen *Freie Fahrt für freie Bürger*. Die Tachonadel zitterte im Leerraum jenseits der 160 km/h-Marke nervös hin und her, der Motor dröhnte und heulte, als wollte er im nächsten Moment explodieren, und aus dem Frischluftgebläse drang der Gestank von überhitztem Öl, aber er nahm den Fuß nicht vom Gaspedal.

Schnelligkeit war seine einzige Chance, den Geldkoffer zu retten, den kriminellen Weihnachtsmann dingfest zu machen und Angelika Hilling ihrem liebenden Großvater zurückzugeben.

Das Autobahnkreuz Köln-Nord kam in Sicht, ein Kleeblatt aus Beton, seltsam unwirklich im verdämmernden Tag, und dann war er auch schon von der Bahn herunter und auf dem direkten Weg ins asphaltierte Herz von Chorweiler. Wo Fredy Boruschka, Schlagetot und Amateurkidnapper, zweifellos in diesem Augenblick in seiner verlotterten Sozialwohnung saß, Flaschenbier trank und breit grinsend das Lösegeld zählte.

Natürlich, dachte Markesch, während er mit quietschenden Reifen durch eine scharfe Kurve donnerte. Fredy Boruschka ist der Entführer. Die Kostümierung als Weihnachtsmann war gut, aber er hätte diese Bierflasche nicht mit den Zähnen öffnen dürfen. Eine furchtbare Angewohnheit. Furchtbar und verräterisch.

Gott, was für eine Ratte — die eigene Schwester zu entführen! Da kommt dieses arme Ding zu ihm, sucht Hilfe, Schutz, eine Unterkunft, er wirft sie nach zwei Tagen wieder raus — und dann dämmert ihm, daß er einen Fehler gemacht hat. Also sucht er sie bei den Sanyiten, schlägt Bikshu Arupa zusammen und dann — er muß sie gefunden haben. Oder sie ist von sich aus wieder zu ihm gekommen, weil sie keinen anderen Ausweg mehr wußte. Und seitdem ist sie seine Gefangene. Aber wer weiß, vielleicht stecken die beiden sogar unter einer Decke und haben die Lösegelderpressung zusammen ausgeheckt. Die Welt ist schlecht und die Menschen sind noch viel schlechter ...

Vor ihm tauchte die Hochhauskolonie auf, graue Grabsteine auf dem Friedhof der Städteplanung, düster und abweisend wie Luftschutzbunker. Markesch fuhr langsamer und hielt fünfzig Meter vor Boruschkas Haus an. Mit grimmiger Miene nahm er die Magnum aus dem Handschuhfach, überprüfte das Magazin und steckte sie griffbereit in den Hosenbund.

Er stieg aus.

Eisiger Wind pfiff ihm ins Gesicht. Die hellen, kalten Rechtecke der erleuchteten Fenster sahen wie feindselige Augen auf ihn herab. Er marschierte los, entschlossen, sich von nichts und niemand aufhalten zu lassen, ein Racheengel, der das Flammenschwert gegen ein moderneres Produkt der Waffentechnik eingetauscht hatte. Auf halbem Weg kam ihm ein Trupp Jugendlicher entgegen, sechzehn- oder siebzehnjährige Skinheads in nietenbesetzter Lederkluft, hochgeschnürten Fallschirmspringerstiefeln und mit schwarz-rot-goldenen Ich-bin-stolz-ein-Deutscher-zu-sein-Aufnähern an den Jacken. Sie johlten und grölten, als sie ihn entdeckten, grinsten blöde über die verschlagenen Gesichter und bauten sich drohend vor ihm auf.

»Ey, du Arsch, ey, rück die Kohle raus, ey, los, ey!«

»Quatsch nich' rum, ey, polier ihm die Fresse, polier dem Arsch die Fresse, ey!«

»Klar, ey, plattmachen, sofort plattmachen, ey, macht den Wichser platt, ey!«

Markesch schmetterte dem ersten Skinhead kommentarlos die Faust unter das Kinn, daß er wie ein schlaffer Sack nach hinten kippte, trat dem zweiten mit voller

Wucht in die Hoden, riß die Magnum aus dem Hosenbund und bohrte sie dem dritten in die Magengrube.

»Oh, *Scheiße*, ey!« gurgelte der Glatzkopf.

»Sonst noch irgendwelche Fragen?« zischte Markesch.

Der Skinhead schluckte krampfhaft und keuchte: »Ey, Alter, war doch nur 'n Witz, Alter, ey, nur 'n Witz!«

»Sicher«, nickte Markesch und rammte ihm das Knie zwischen die Beine. »Irrsinnig komisch. Zum Totlachen.«

Der Skinhead klappte zusammen und spuckte halbverdautes Bier über den Gehweg. Markesch entschied, daß er schon genug Zeit mit diesem Gesindel verschwendet hatte, und betrat das Haus. Schon auf der Treppe im dritten Stock schlug ihm von oben vertrauter Lärm entgegen, das wütende Gebrüll eines Mannes, in symphonische Dimensionen gesteigert und vom schrillen Keifen einer Frau rhythmisch unterlegt, eine Ode an den Ehekrach, die Hymne der Hysteriker.

Von düsteren Ahnungen erfüllt, beschleunigte er seine Schritte, und in der fünften Etage angekommen, fand er seine Ahnungen bestätigt – die Ursonate drang aus Fredy Boruschkas Wohnung. Er runzelte irritiert die Stirn. Das klang nicht gerade danach, als hätte der gute Fredy wahnsinnig viel Spaß am Geldzählen. Vielleicht stritt er sich mit seiner reizenden Liebsten um die Beute. Vielleicht war er sogar in diesem Moment dabei, sie zu massakrieren, weil er nicht zu den Männern gehörte, die gern teilten – vor allem keine Viertelmillion.

Solche Dinge kamen vor. Solche Dinge passierten alle Tage.

Markesch blieb vor der Tür stehen und horchte, konnte aber nur einzelne Wortfetzen verstehen, ausnahmslos Flüche und Beleidigungen.

Er klingelte.

Das Geschrei brach ab. Übergangslos trat Stille ein.

Er klingelte wieder, aber die einzige Reaktion war ein kaum vernehmbarer geflüsterter Wortwechsel. Offenbar wollte sich Boruschka totstellen. Markesch lächelte böse. Verständlich, dachte er. Wer kann schon Besuch gebrauchen, wenn er einen Koffer voller Lösegeld im Haus hat?

»Boruschka!« brüllte er und hämmerte mit der Faust gegen die Tür. »Machen Sie auf, Boruschka! Ich weiß, daß Sie da sind! Machen Sie auf, oder Ihre Tür ist gleich nicht einmal mehr das Holz wert, aus dem sie besteht!«

Wieder das Geflüster.

Dann rief die Frau mit vor Nervosität kieksender Stimme: »Fredy es nit do. Fredy kütt hück och nit mieh. Wä es dann do?«

»Na, wer schon? Der Weihnachtsmann!« Markesch lachte hart. »Lassen Sie dieses alberne Versteckspiel, Boruschka. Wenn die Tür in zehn Sekunden noch immer geschlossen ist, komme ich mit der Polizei wieder, und dann können Sie die nächsten *zehn Jahre* hinter einer geschlossenen Tür verbringen – und zwar im Ossendorfer Knast. Haben Sie mich verstanden, Boruschka?«

Um seine Worte zu bekräftigen, trat er so heftig gegen die Tür, daß das billige Preßspanblatt halb aus dem billigen Preßspanrahmen sprang. Drinnen setzte wieder die geflüsterte Strategiediskussion ein, aber nach wenigen Sekunden gewann das keifende Organ der Frau die Oberhand.

Schwere Schritte näherten sich, ein Schlüssel drehte sich knirschend im Schloß, und dann stand er in seiner ganzen Pracht und Herrlichkeit vor ihm: der feiste Fredy, verschwitzt, verstört und abgehetzt und mit diesem Verbrechen-lohnt-sich-also-doch-nicht-Ausdruck in den Augen, den Markesch schon zu oft gesehen hatte, um mehr als nur milden Triumph zu empfinden.

Das Weihnachtsmannkostüm hatte er bereits gegen seine schlabbrige Freizeitkombination aus Unterhemd, Unterhose, Socken und Bierflasche eingetauscht, aber an seiner Unterlippe klebten noch ein paar Watteflusen, die verräterischen Überreste des Rauschebartes, und das war mehr wert, als jedes mit Gewalt erzwungene Geständnis.

»Ach, *Sie* sind das!« sagte Boruschka mit einem erfreuten Lächeln, das so echt war wie ein auf Klopapier gedruckter falscher Hunderter. »Ist ja 'ne tolle Überraschung! Mit Ihnen hätte ich ja am wenigsten gerechnet!«

»Wen haben Sie denn erwartet? Den Geldbriefträger?«

Markesch schob sich an ihm vorbei in den Flur, der seit seinem letzten Besuch kaum wohnlicher geworden war – das halb demontierte Moped war zwar verschwunden, doch dafür hatte sich die Zahl der leeren Bierkästen auf schätzungsweise zwanzig Stück erhöht.

In der offenen Wohnzimmertür, hinter der es so gemütlich aussah wie in einer vollgestopften Abstellkammer, stand zitternd und ganz grau im Gesicht eine kleine dicke Frau in Morgenmantel und Filzpantoffeln und deutete entsetzt auf die Magnum, die deutlich sichtbar in seinem Hosenbund steckte.

»Fredy!« kreischte sie. »Öm Joddes welle, Fredy, dä Käl hät ene Pistole! *Fredy!*« Wahrscheinlich hätte sie sich in ihrer Panik auch noch die Haare gerauft, doch das wurde von ihren giftgrünen Plastiklockenwicklern verhindert, einem futuristisch wirkenden Kopfputz, mit dem sie ohne weiteres in jedem schlechten Science-fiction-Film als Marsianerin auftreten konnte.

»Keine Panik, gute Frau«, sagte Markesch souverän und knöpfte zum Beweis seines guten Willens die Lederjacke zu. »Geschossen wird nun im äußersten Notfall, aber dann gezielt daneben.« Er drehte sich zu Boruschka um. »Also, wo ist das Mädchen und wo ist der Koffer?«

Boruschka wurde aschfahl. »Was denn für'n Mädchen? Was denn für'n Koffer? Was soll 'n der Scheiß? Verdammt, was soll 'n das bedeuten?«

Wenn er sich auf diese Weise herausreden wollte, dann war es ein lausiger Versuch. Ebensogut hätte er ein Transparent mit der Aufschrift *Alles Lüge* schwenken können. Er transpirierte so heftig, als wollte er die Angst eines ganzen Lebens ausschwitzen, und verstieg sich dann zu dem verräterischen Ausruf:

»Aber ich weiß doch nicht, wo Angelika steckt! Ich hab' doch keine blasse Ahnung, Mann!«

»Öm Joddes welle!« jammerte seine reizende marsianische Lebensgefährtin. »Öm Joddes welle! Ich han et jo allt jesat, Fredy! Maach et nit, han ich jesat. Dat jibt nix wigger wie Ärjer, han ich jesat. Ävver do Holzkopp häs et jo...«

»Halt's Maul, du Schlampe!« brüllte Boruschka und schwenkte die Bierflasche, als wollte er ihr damit die marsianischen Plastiklocken plätten. »Ja, bist du denn völlig bescheuert, du Tränentier? Noch ein Wort, und ich hau' dir...«

»Das reicht, Boruschka«, unterbrach Markesch und zog die Magnum aus dem Hosenbund. »Ich kann auch die Kripo holen. Dann können Sie der Kripo erklären, was Sie heute als Weihnachtsmann verkleidet am Neumarkt gemacht haben. Verdammt, Sie sind im Arsch, begreifen Sie das endlich! Sie sind so im Arsch, wie ein Mensch nur sein kann! Sie haben nur eine Chance, aus diesem Schlamassel herauszukommen, und diese Chance bin ich. Also, ich will das Mädchen und ich will den Koffer, und ich will beides sofort. Ist das klar?« Demonstrativ entsicherte er die Waffe. »Ist das klar?«

»Aber ich *weiß* nicht, wo Angelika ist! Ehrlich, ich hab' keine blasse Ahnung. Ich hab' sie nicht entführt! Ich hab' das doch nur gesagt, Mann, nur gesagt!«

»Sicher«, höhnte Markesch. »Und wo der Koffer mit der Viertelmillion ist, den Sie sich als Weihnachtsmann verkleidet am Neumarkt unter den Nagel gerissen haben, wissen Sie auch nicht, was?«

Boruschka starrte ihn an, als hätte er soeben erkannt, daß er es mit einem Wahnsinnigen zu tun hatte. »Die Viertelmillion?« Er lachte schrill, wie von Sinnen. »Was für eine Viertelmillion?« schrie er. »Wollen Sie mich verarschen oder was? Ich faß' es nicht! Es gibt keine Viertelmillion! Ihr habt mich doch gelinkt, ihr Schweine! Gelinkt, total gelinkt!«

Er machte einen Schritt nach vorn. Markesch hob warnend die Magnum.

»Keine Dummheiten, klar?« sagte er heiser. »Wir wollen doch diesen schönen Tag nicht durch ein Blutbad verderben, oder?«

»Öm Joddes welle!« kreischte die Frau. »Bliev ston, Fredy! Dä Käl dät dich ömbrenge!«

»Okay«, schnaufte Boruschka, »okay, ich bleibe stehen, ich rühr' mich nicht von der Stelle, okay? Und du, Erna, du holst den verdammten Koffer. Los, los, mach schon, hol diesen beschissenen Koffer!«

Erna verschwand heulend im Wohnzimmer und kam mit dem schwarzen Aktenkoffer zurück.

Markesch nickte zufrieden. »Warum nicht gleich so!«

Boruschka lachte wieder, aber es klang alles andere als fröhlich. Es klang eher nach einem Fall für Doktor Roth. »Mach den Koffer auf, Erna«, befahl er. »Zeig dem Schnüffler, was in dem Koffer ist! Zeig's ihm, verdammt noch mal!«

Erna gehorchte. Löste heulend die Verschlüsse. Klappte schluchzend den Koffer auf.

Und Markesch kam sich vor wie ein Mann, der zwanzig Jahre Lotto gespielt und zum erstenmal sechs Richtige getippt hatte und am Sonntagmorgen feststellen mußte, daß alles nur ein Traum gewesen war. Er starrte den Koffer an. Es war unmöglich. Es durfte nicht sein!

Denn in dem Koffer... war kein Geld.

»Papier!« schrie Boruschka und lachte wie wahnsinnig. »Nur Papier! Alles nur Papier! Ihr habt mir einen Haufen Papier angedreht, ihr Schweine, das ist alles, kein Geld, nur Papier, Papier, Papier!«

Er griff mit beiden Händen hinein und warf die auf Geldscheingröße zurechtgeschnittenen Bündel Zeitungspapier in die Luft, und er lachte und lachte, als wollte er nie wieder mit dem Lachen aufhören.

Markesch saß mit Fredy Boruschka am Küchentisch, bekämpfte seinen Schock mit einem Wasserglas voll billigem Korn und wunderte sich nicht zum erstenmal über die abgrundtiefe Schlechtigkeit der Menschen.

Roth, dachte er, dieser Hurensohn! Es ist unglaublich! Die Viertelmillion gegen wertloses Zeitungspapier auszutauschen... Unglaublich, schlichtweg unglaublich.

»Eine bodenlose Gemeinheit«, lamentierte Fredy Boruschka mit schwerer Zunge und hielt sich an seiner Bierflasche fest. »Richtiggehend kriminell ist so was. Verdammt, der alte Hilling hat doch genug Geld, der schwimmt doch in seinem verdammten Geld! Warum dreht er mir dann einen Koffer voll Papier an? Ausgerechnet mir, der ich nun wirklich ein armes Schwein bin!«

Er schluchzte.

»Es ist alles so ungerecht! Warum muß so was denn immer mir passieren, wo ich doch nun wirklich für nichts kann?« Erschüttert wackelte er mit dem Kopf. »Sagen Sie mal, ist so was eigentlich erlaubt? Ich meine, darf der so was überhaupt?«

Markesch lachte heiser. »Sie scheinen sich über Ihre Situation nicht ganz im klaren zu sein. Sie haben Hilling erpreßt, Mann! Glauben Sie etwa, das ist erlaubt? Dafür wandern Sie in den Knast!«

»Aber ich habe Angelika nicht entführt!« jammerte Boruschka. »Verdammt, ich weiß nicht mal, wo sie steckt! Man kann mich doch nicht für was verknacken, was ich gar nicht getan habe, oder?«

»Das sollten Sie nicht mich fragen, sondern Ihren Anwalt«, knurrte Markesch. »Ich bin nur der Schnüffler. Mein Job ist es, Angelika Hilling zu finden und sie zu ihrem Großvater zurückzubringen. Und gnade Ihnen Gott, wenn Sie mich anlügen!«

Boruschka schniefte, fischte eine neue Flasche Bier aus dem allzeit bereitstehenden Kasten, öffnete sie mit den Zähnen und spuckte den Korken trotz seiner fortgeschrittenen Trunkenheit zielsicher in den überquellenden Abfalleimer.

»Aber ich lüge doch nicht, ehrlich! Es war alles so, wie ich's erzählt hab'. Angelika stand vor drei Monaten plötzlich vor meiner Tür, und nach zwei Tagen hab' ich sie wieder rausgeworfen — wegen meiner Alten. Seitdem hab' ich sie nicht mehr gesehen.«

»Und warum haben Sie sie später bei den Sanyiten gesucht? Wahrscheinlich, weil Sie damals schon dem alten Hilling Geld abpressen wollten!«

»He!« rief Boruschka entrüstet. »An so was wie Erpressung hab' ich nie gedacht, ehrlich nicht! Ich bin doch kein

Verbrecher! Ich hab' mir Sorgen um meine Schwester gemacht. Sie tat mir leid, verstehen Sie? So durcheinander wie die war und überhaupt... Außerdem hatte ich ein schlechtes Gewissen, weil ich sie einfach vor die Tür gesetzt habe. Ich meine, schließlich bin ich ihr Bruder. Da hat man doch so was wie Verantwortung!«

»Sicher«, sagte Markesch, »eine wirklich rührende Geschichte. Und nachdem Sie aus purer Geschwisterliebe Bikshu Arupa zusammengeschlagen haben, sind Sie zu Ihrer Erna zurückgekehrt und haben nicht mehr an Angelika gedacht?«

»Genau. Bis Sie aufgekreuzt sind. So gesehen, ist alles *Ihre* Schuld.« Boruschka klopfte bekräftigend mit der Bierflasche auf den Tisch. »Sie haben mich überhaupt erst auf die Idee mit dem Lösegeld gebracht! Ich dachte mir, wenn Angelika sowieso verschwunden ist – warum nicht so tun, als wäre sie entführt worden, und ein paar Mark Weihnachtsgeld abkassieren? Irgendwie mußte ich mir doch meinen Anteil am Erbe sichern, oder nicht? Freiwillig würde mir der alte Hilling doch keinen Pfennig geben. Es war Notwehr, Mann, reine Notwehr!«

Er ballte die schwielige Faust und schnaufte wütend.

»Wie hätte ich denn ahnen können, daß der Alte so geizig ist und mir statt der Viertelmillion 'nen Haufen wertloses Papier andreht? Ich kann's immer noch nicht fassen. Ich meine, stellen Sie sich mal vor, ich wäre ein echter Kidnapper gewesen! Was wäre dann aus Angelika geworden? Das hätte für sie doch verdammt böse ausgehen können, oder nicht?«

Und das, dachte Markesch, ist genau der Punkt, auf den es ankommt. Nur, daß nicht der alte Hilling, sondern der gute Doktor Roth hinter diesem dubiosen Papier-statt-Geld-Manöver steckt. Aber warum hat er das getan? Um das Hillingsche Vermögen zu schützen? Wohl kaum — dann hätte er mich zumindest eingeweiht. Dieser Bastard wollte sich die Viertelmillion in die eigene Tasche stecken! Und fast hätte es auch geklappt. Aber trotzdem... Das Ganze ergibt keinen Sinn! Kein Erpresser gibt sich mit einem Koffer voll Papier zufrieden! Roth mußte doch damit rechnen, daß die Sache herauskommt — daß der Erpresser noch einmal den alten Hilling anruft und Geld verlangt!

Und Angelika? Verdammt, er hat bewußt Angelikas Leben aufs Spiel gesetzt! Niemand konnte vorher mit absoluter Sicherheit wissen, daß die Entführung nur fingiert war! Oder doch...?

Plötzlich fielen ihm Roths Worte wieder ein.

›Ich glaube nicht, daß wir es mit einer echten Entführung zu tun haben.‹

Wie kam er dazu, so etwas zu glauben? Eingebung? Erleuchtung? Oder war es weniger eine Frage des Glaubens und mehr eine Frage des Wissens gewesen? War das die Erklärung? Wußte Roth, wo Angelika Hilling war? Hatte er es schon die ganze Zeit gewußt und deshalb das Lösegeld ausgetauscht? Doch warum behielt er sein Wissen für sich? Warum sagte er nicht, wo Angelika steckte? Um seine Patientin vor dem bösen Einfluß ihres Großvaters zu schützen? Aus Rücksicht auf ihre verletzten Gefühle? Aber was war mit den Gefühlen des alten Alten? Hilling war todkrank, er würde bald sterben — und Roth hatte doch gehört, wie sehr er sich die Versöhnung mit seiner Enkelin wünschte!

Boruschka räusperte sich.

»Was werden Sie jetzt tun?« fragte er weinerlich. »Ich meine, was wird jetzt aus *mir*? Sie werden mich doch nicht verpfeifen, oder? Sie werden doch nicht zu den Bullen gehen und den armen Fredy verpfeifen, oder? So was werden Sie doch nicht tun, nicht wahr?«

Markesch stand auf. »Das wird mein Klient entscheiden. Ich bin Privatdetektiv. Kein Hilfspolizist.«

»Aber...« Boruschka gestikulierte. »Können Sie nicht ein gutes Wort für mich einlegen? Schließlich bin ich doch sein Enkel! Ich gehöre doch irgendwie genauso zur Familie wie Angelika! Man bringt doch nicht seinen eigenen Enkel in den Knast! So was tut man doch nicht! Und dann so kurz vor Weihnachten!«

Markesch zuckte die Schultern, nahm den Koffer und wandte sich zur Tür.

»Warten Sie!« rief Boruschka verzweifelt. »So hören Sie doch! Sie *müssen* mir helfen!«

»Tatsächlich?« fragte Markesch kalt. »Warum? Haben Sie mir geholfen? So wie ich das sehe, haben Sie mir nur Schwierigkeiten gemacht. Warum also sollte ich Ihnen helfen? Nennen Sie mir einen Grund!«

»Weil... weil...« Er fuhr sich nervös durchs Haar. »Mir ist da etwas eingefallen. Vielleicht ist es nicht wichtig, aber... Jetzt, wo ich drüber nachdenke, kommt es mir doch komisch vor, verdammt komisch. Dieser Mann... der Mann, dem ich den Koffer abgenommen habe... dieses Arschloch, das mich mit dem Zeitungspapier gelinkt hat...«

»Roth?« fragte Markesch alarmiert. »Was ist mit ihm?«

»Ich habe ihn schon einmal gesehen«, sagte Boruschka. »Das Gesicht kam mir gleich bekannt vor, aber ich war mir nicht hundertprozentig sicher, sonst hätte ich's schon längst erwähnt... Doch jetzt weiß ich, wo ich ihn schon einmal gesehen habe. Vor ein paar Wochen, in diesem Restaurant im Belgischen Viertel, dem Restaurant, wo dieser Sanyit arbeitet, Angelikas Freund Arupa. Ich stand draußen und habe darauf gewartet, daß der Laden dicht macht und Arupa rauskommt. Ich wollte ihm ein paar Fragen über Angelika stellen — ich sagte doch, ich hab' mir Sorgen um sie gemacht, nach dem Rauswurf und allem — und da kam dieser rote Porsche an. Genau, ein roter Porsche war's! Dieser Mann stieg aus, ging in das Restaurant und quatschte mit Arupa. Dann hat er ihm was gegeben, einen Briefumschlag oder so, und ist wieder mit seinem Porsche auf und davon. Ich weiß nicht, was in dem Umschlag war, ich weiß auch nicht, über was sie gequatscht haben, ich stand ja draußen und hab' alles nur durchs Fenster beobachten können, aber...«

Boruschka grinste schlau.

»Daß mir ausgerechnet dieser Mann einen Koffer mit wertlosem Papier angedreht und sich die Viertelmillion eingesackt hat... Also, ich finde das verdammt komisch, Schnüffler, verdammt komisch! Finden Sie nicht auch?«

10

Die Rückfahrt nach Köln-Sülz verbrachte Markesch wie in Trance, was zum einen an seiner Erschütterung über die Verlogenheit der Menschen und zum anderen an Fredy Boruschkas billigem Fusel lag. Immerhin bewahrte der Trancezustand ihn davor, erneut sämtliche geschriebenen und ungeschriebenen Verkehrsregeln zu brechen, und das war schon im Interesse seines Führerscheins eine erfreuliche Entwicklung.

Gemächlich rollte er durch die nächtlichen Straßen und dachte über die neuen Hauptverdächtigen im Fall Angelika Hilling nach.

Doktor Roth und Bikshu Arupa kannten sich also, steckten offenbar sogar unter einer Decke und blockten planmäßig alle Nachforschungen über Angelika Hilling ab. Aber warum? Verdammt, warum wollten sie verhindern, daß der alte Hilling vor seinem Tod noch einmal seine Enkelin sah? Ging es ihnen wirklich nur darum, Angelika vor dem unseligen Einfluß ihres Großvaters zu schützen? Vielleicht glaubte Arupa ja wirklich, daß der Alte ein Seelenvampir war, der seine Enkelin mit ins Grab ziehen wollte, aber zumindest Doktor Roth mußte wissen, daß Hilling sich im Angesicht des Todes geändert hatte, daß er die ehrliche Absicht hatte, sich mit ihr zu versöhnen. Und wenn das Verhältnis zwischen den beiden tatsächlich so zerrüttet war, wie Roth behauptete, dann war aus psychiatrischer Sicht gegen eine Versöhnung nun wirklich nichts einzuwenden. Im Gegenteil — als Angelikas Therapeut mußte er sie begrüßen und mit allen Mitteln unterstützen.

Und diese Sache mit dem Briefumschlag, den der gute

Doktor dem Sanyiten im *Restaurant Löwenzahn* gegeben haben sollte ... Was war in dem Briefumschlag gewesen? Geld? Bestechungsgeld, Schweigegeld? Damit Arupa niemandem Angelikas Aufenthaltsort verriet?

Natürlich, dachte Markesch. Roth muß ihn auch vorgewarnt haben. Deshalb ist Arupa damals aus der Diskothek *Krishna* geflohen – nicht, weil er mich mit Fredy Boruschka verwechselte, sondern weil er genau gewußt hat, daß ich Privatdetektiv bin und im Auftrag des alten Hilling nach Angelika suche.

Aber trotzdem, diese ganze Geheimnistuerei ergibt keinen Sinn. Verdammt, was für ein Motiv sollte jemand haben, die Versöhnung von Großvater und Enkelin zu verhindern? Nur ein Verrückter würde so etwas tun ...

Nun, vielleicht war das wirklich die Erklärung. Vielleicht war dem guten Doc der Umgang mit den ganzen Übergeschnappten nicht bekommen. Vielleicht gehörte er selber auf die Couch oder in eine gepolsterte Zelle. Vielleicht ...

Markesch fluchte und gab Gas.

Zu viele Vielleichts. Diese Spekulationen brachten ihn nicht weiter. Er brauchte Informationen, handfeste Fakten, und die konnte er am schnellsten bekommen, wenn er diesem verlogenen Gemüsesaftmixer Bikshu Arupa einen zweiten Besuch abstattete. Und diesmal würde es keine Ausflüchte geben. Wozu hatte er denn die Magnum? Doch nicht nur zur Dekoration! Archimedes konnte derweil seine Beziehungen spielen lassen und diesen sinistren Seelenklempner durchleuchten; möglicherweise hatte der gute Doc noch ein paar andere dunkle Flecke auf seinem weißen Kittel. Möglicherweise verbarg sich hinter der Maske des Porsche fahrenden Psychofreaks mit dem Gesundheitsappeal einer Kurortreklame ein gewöhnlicher Mädchenschänder mit einem ganzen Massengrab im Keller oder unter der Couch — oder wo auch immer diese Wahnsinnigen ihre Leichen aufzubewahren pflegen.

Jedenfalls wurde es höchste Zeit, daß er sich mit dem alten Hilling in Verbindung setzte und ihn über die dubiosen Machenschaften seines Familientherapeuten aufklärte. Wer wußte, was Roth dem Alten erzählt hatte? Mit Sicherheit nicht die Wahrheit, soviel stand fest!

Ein Regentropfen zerplatzte wie ein großes, durchsichtiges Insekt an der Windschutzscheibe, und einen Atemzug später prasselten die Tropfen zu Tausenden auf seinen rostigen Ford nieder, bis das Geprassel in das laute Rauschen eines Wolkenbruchs überging.

Markesch war erleichtert.

Es hatte schon lange nicht mehr geregnet. Zumindest das Wetter wurde wieder normal.

Er fuhr durch den Regen, durch die Nacht, und dachte in stiller Vorfreude an die Flasche Scotch, die im *Café Regenbogen* auf ihn wartete.

Erwartungsgemäß waren in der Nähe des Cafés sämtliche Parkplätze besetzt, als hätten sich alle Einwohner von Köln-Sülz entschlossen, aus der Automobilgesellschaft auszusteigen und ihre Fords, BMWs und Daimlers nur noch als City-Datschen zu nutzen. Markesch kurvte eine kleine Ewigkeit durch die umliegenden Straßen, bis er ein paar hundert Meter weiter am Gottesweg eine freie Toreinfahrt fand, an der ein Schild drohend verkündete, daß jedes widerrechtlich geparkte Fahrzeug umgehend in die nächste Schrottpresse überführt wurde.

Markesch ließ sich davon nicht beeindrucken.

Er hatte sich noch nie von irgendwelchen Blechschildern Befehle geben lassen und ganz bestimmt nicht vor, bei diesem Unwetter damit anzufangen. Er stieg aus, schloß den Wagen ab, zog sich die Lederjacke über den Kopf und rannte los. Der Regen wurde schwächer, doch die Witterungsbedingungen verbesserten sich nicht – Sturmböen heulten durch die Straßen und rissen die ersten Weihnachtsdekorationen von den Geschäften. Auf der anderen Seite wurde ein junges Pärchen von einer tückischen Bö gepackt und in eine Pfütze von der Größe eines Swimmingpools geschleudert, und ihr entsetztes Geschrei begleitete Markesch, bis sich vor ihm das Café aus den Regenschleiern schälte. Er wurde langsamer.

Irgend etwas stimmte nicht.

Der Neonregenbogen über der Tür war erloschen, im Café brannte nur eine trübe Kerze, und an den Tischen, wo sich um diese Uhrzeit sonst die vergnügungssüchtigen Yuppies und Flippies von Sülz in Massen drängten, herrschte gähnende Leere. Plötzlich tauchte eine schattenhafte Gestalt im matten Kerzenlicht auf und flatterte wie ein großer nervöser Rabe um den Tresen.

In Markeschs Magengrube bildete sich ein harter, kalter Klumpen.

Er legte die letzten Meter im Laufschritt zurück und rüttelte an der Tür – verschlossen.

Dann sah er den Zettel an der Glasscheibe: *Wegen Geschäftsaufgabe ab sofort geschlossen.* Er stieß eine Verwünschung aus. Verdammt, was hatte das schon wieder zu bedeuten? Wenn diese Hurensöhne von Laurel und Hardy dahintersteckten... Er hämmerte mit der Faust gegen das Glas. Die rabenschwarze Gestalt schreckte zusammen und kam zu Tür geflattert.

Es war Sophie. In schwarzer Trauerkleidung und einem

Schleier aus hauchdünner schwarzer Gaze vor dem Gesicht.

Witwentracht, dachte Markesch. Großer Gott, was ist *passiert*?

Der Klumpen in seiner Magengegend wurde noch härter, noch kälter.

Sophie öffnete die Tür. Düstere Musik schlug ihm entgegen — Chopins klassischer Trauermarsch in H-Moll, und dann sah er auch den Kranz an der Wand, den Grabkranz mit der regenbogenbunten Schleife und den Worten *Ruhe in Frieden*.

»Großer Gott!« sagte er.

Sophie schlug den Schleier zurück, bot ihm ihr blasses, tragisches Gesicht mit den großen tränenumflorten Augen dar und sank dann mit einem filmreifen Seufzer an seine Brust.

»Oh, Markesch!« schluchzte sie. »Es ist furchtbar! Es ist entsetzlich! Es ist sogar kaum zu glauben!«

»Großer Gott!« sagte er wieder. »Was ist passiert? Was hat das zu bedeuten? *Was ist los?* Verdammt, so rede doch!«

»Archimedes...« Sie schluchzte wieder. »Er... er... Oh, Markesch, es ist so furchtbar!«

»Großer Gott!« sagte Markesch zum dritten Mal. »Archimedes? Was ist mit ihm? Er ist doch nicht... Ich meine, er ist doch nicht etwa — *tot*? Himmel, Sophie, sag, daß er nicht tot ist! Sag es!«

Verzweiflung schnürte ihm die Kehle zu. Nicht Archimedes, dachte er! Es kann nicht sein, es darf nicht sein!

»Quatsch«, sagte Sophie plötzlich mit völlig normaler Stimme. Sie löste sich von ihm, nahm den Schleier ab und warf ihn wütend auf den Boden. »Natürlich ist er nicht tot. Leute wie Archimedes sterben nicht so schnell

— nicht mal, wenn ihnen eine Abrißbirne auf den Kopf fällt.«

»Er ist nicht tot?« Markesch schüttelte benommen den Kopf. »Aber ... Ich will verdammt sein! Was soll dann dieses Theater? Bist du wahnsinnig geworden oder was?«

»Wahnsinnig nicht, aber arbeitslos, und ich frage mich wirklich, was schlimmer ist.« Sie ging hinter den Tresen, fischte eine Flasche Scotch vom Regal und füllte zwei Gläser. »Hier, trink. Du wirst's gebrauchen können. Du bist nämlich auch dein Büro los. In Zukunft kannst du deine Klienten auf dem Südfriedhof empfangen. Dieser griechische Mistkerl will das Café verkaufen. Und wir können sehen, wo wir bleiben.«

Sie stürzte den Scotch hinunter und schenkte nach.

Markesch sah sie fassungslos an. »Ich glaub' es einfach nicht! Wieso will er das Café verkaufen? Es muß doch irgend etwas *passiert* sein!«

Sophie fuchtelte mit dem Whiskyglas. »Natürlich ist was passiert. Archimedes hat sich heute vormittag in seinen Wagen gesetzt, Gas gegeben und nach zwanzig Metern einen Laternenpfahl gerammt — übrigens zum fünften Mal in diesem Jahr. Aber in seinem Wahn bildet er sich jetzt ein, daß ihm die Schutzgelderpresser die Bremsschläuche durchgeschnitten haben und will das Café an den erstbesten Spekulanten verkaufen. Großartig, nicht wahr?«

Sie stürzte das Glas hinunter.

»Archimedes ist gegen einen Laternenpfahl gefahren? Ist er verletzt? Und wo steckt er?«

»Verletzt!« Sie lachte verächtlich. »Wenn er sich wenigstens das Genick gebrochen hätte, das wäre was. Er hat sich nur den großen Zeh verstaucht, das ist alles, aber er liegt trotzdem in der Uniklinik. Zur Beobachtung, sagt er.

Für den Fall, daß er sich irgendwelche unentdeckten inneren Verletzungen zugezogen hat, sagt er. Aber das einzige, was ihn ans Krankenhaus fesselt, sind die jungen, hübsche Schwesternschülerinnen. Ich kenne Archimedes doch.«

Markesch griff entschlossen nach seinem Scotch und dem Telefon. »Gib mir die Nummer vom Krankenhaus. Er hat doch Telefon auf dem Zimmer, oder?«

»Er hat *alles* auf dem Zimmer«, versicherte Sophie. »Telefon, Schnaps und lose Weiber.« Sie wühlte hinter dem Tresen und reichte ihm einen Zettel. »Versuch's — aber ich glaube nicht, daß du viel Erfolg haben wirst.«

Markesch wählte.

»Wer wagt es, meine Kreise zu stören?« meldete sich eine Stimme, die in etwa so leidend klang wie die eines Mannes, der soeben eine Erbschaft in Millionenhöhe angetreten hatte. Im Hintergrund kicherte jemand; zweifellos eine der von Sophie erwähnten jungen, hübschen Schwesternschülerinnen. »Ich bin ein kranker Mann. Ich brauche Schonung, Pflege und keine Anrufe zu nachtschlafender Zeit . . .«

»Ich bin es, du Hurensohn«, knurrte Markesch. »Ich bin im Café, bei Sophie, und wir beide fragen uns gerade, ob wir dich nicht mit einem nassen Handtuch erschlagen sollen. Warum willst du das Café verkaufen? Hast du den Verstand verloren?«

»He, wie redest du mit mir? *Malaka*, weißt du eigentlich, daß ich nur um Haaresbreite dem Tod entronnen bin? Diese *Kopane* wollten mich umbringen! Zuerst haben sie mein Café verwüstet, dann haben sie mich nächtelang um den Schlaf gebracht und jetzt die Bremsen meines Wagens manipuliert. Beim nächstenmal legen sie mir eine Bombe in den Kofferraum, und dann?«

»Das ist noch lange kein Grund, Sophie arbeitslos zu machen und mich meines Büros zu berauben. Verdammt, ich dachte, wir hätten eine Abmachung! Ich dachte, du würdest mir vertrauen!«

Archimedes stieß einen Schwall griechischer Flüche aus.

»Vertrauen? Du wagst es, das Wort Vertrauen in den Mund zu nehmen? Ich habe dir vertraut, und was sind die Folgen? Ich liege schwerverletzt auf der Intensivstation! Und wo bist du gewesen, als ich in letzter Sekunde dem Tod von der Schippe gesprungen bin? Wahrscheinlich hast du dich irgendwo vollaufen lassen!«

»Ich habe an dem Fall gearbeitet«, erklärte Markesch würdevoll. »Ich arbeite rund um die Uhr an dem Fall. Immerhin geht es nicht nur um *dein* Café, sondern auch um *mein* Büro.«

»Und um *meinen* Job«, warf Sophie düster ein. »*Vor allem* um meinen Job, um das direkt klarzustellen.«

»Und was ist mit meinem Leben?« schrie Archimedes durch den Hörer. »Von meinem Leben redet keiner! Nur ich, und mir hört niemand zu. Mein Entschluß steht fest. Ich verkaufe das Café, ich verkaufe das ganze verdammte Haus und gehe zurück nach Griechenland. Mordanschläge machen mich depressiv, und ich bin viel zu jung für Depressionen.«

»Aber ich bin der Lösung des Falls ganz nah!« behauptete Markesch. »Ich brauche höchstens noch ein paar Tage und...«

»In ein paar Tagen kann ich tot sein! Und was ist, wenn sich die Sache mit den Schutzgelderpressern herumspricht? Dann werde ich das Café nicht einmal mehr verschenken können! Außerdem habe ich gestern ein Angebot bekommen. Nicht gerade üppig, aber ein Mann in meiner Lage kann nicht wählerisch sein.«

»Und wer ist der Interessent? Jemand, der das Café weiterführen will?« fragte Markesch hoffnungsvoll.

»Der Mann heißt Terjung. Ein Anwalt aus Lindenthal, einer von diesen Luxussanierern, schätze ich. Er wollte voriges Jahr schon das Haus kaufen — und ich Idiot habe abgelehnt. Jetzt bietet er mir hunderttausend weniger, aber ich kann froh sein, daß er es überhaupt nimmt.«

Markesch kniff die Lippen zusammen. »Dein Entschluß steht also fest?«

»Es ist nicht mein Entschluß, *Filos*. Die Umstände zwingen mich dazu. Verdammt, Markesch, ich habe keine andere Wahl! Verstehst du das nicht? Es geht um mein Leben! Montag unterschreibe ich den Vertrag, und dann kann sich Terjung mit diesen Mördern und Erpressern herumschlagen.«

Markesch dachte fieberhaft nach. Montag. Blieben noch drei Tage, um Laurel und Hardy zu finden und das Handwerk zu legen. In drei Tagen konnte viel geschehen ... oder auch nicht.

Archimedes seufzte. »Tut mir leid, *Filos*. Wenn ich irgend etwas für dich tun kann ... Vielleicht eine Zeitungsannonce für dich aufgeben ... *Privatschnüffler sucht Praxisgemeinschaft mit seriösem Kneipier* oder so ...«

»Wie schön, daß du deinen Humor nicht verloren hast.« Markesch lachte rauh. »Aber du kannst tatsächlich etwas für mich tun. Es geht um einen Doktor Roth, Eugen Roth.« Er nannte ein paar Einzelheiten und schloß: »Ich brauche alle Informationen, die du über ihn bekommen kannst, und zwar so schnell wie möglich — also am besten gestern. Spätestens morgen.«

»Kein Problem«, versicherte der Grieche. Er klang erleichtert. »Das kostet mich nur ein Telefongespräch.

Morgen vormittag hast du die Informationen. He, Markesch, wir bleiben trotzdem ein Team. Auch wenn ich bald auf einer griechischen Sonneninsel liege und du deine Klienten auf dem Südfriedhof empfangen mußt — das ändert nichts daran, daß wir ein Team sind!«

»Du hast eine fantastische Art, mir Mut zu machen. Okay, bis morgen.« Markesch legte auf und sah Sophie an. »Tscha«, sagte er und rang sich ein optimistisches Lächeln ab. »Bis Montag haben wir also Zeit. Noch ist nicht alles verloren! Vertrau mir, Sophie...«

»... sagte die Spinne zur Fliege...«

»Ich werde uns alle retten — erstens ist das mein Job und zweitens habe ich im Moment sowieso nichts Besseres zu tun.« Er leerte sein Glas. »Und du solltest endlich den Trauerflor ablegen, die Lichter anmachen, das Café öffnen und mir einen neuen Scotch einschenken — natürlich in der umgekehrten Reihenfolge!«

Sophie füllte sein Glas. »Aber ich warne dich, Markesch — wenn du wieder einmal versagst und ich am Montag doch meinen Job verliere, dann bist du nicht einmal in deinem Grab auf dem Südfriedhof vor mir sicher... Und da wir gerade vom Friedhof reden — ein Gruftie namens Enke hat für dich angerufen. Und noch jemand — Arupa oder so.«

»Arupa? Was wollte er?«

»Keine Ahnung, wollte er mir nicht sagen.«

»Und Enke?«

»Du sollst ihn am Montag zurückrufen. Schien ziemlich wichtig zu sein.«

»Wichtig? Vielleicht ist das die Rettung! Aber — verdammt, wir können nicht bis Montag warten. Montag ist es vielleicht schon zu spät! Das Telefonbuch her und die Lichter an, aber pronto!«

Sophie rührte sich nicht. Aus Trotz, wie er vermutete.

Gerissen fügte er hinzu: »Bitte, Sophie, du tust es ja nicht für mich, sondern für deinen Job!«

Das Argument überzeugte, und Sekunden später wurde es hell im Café. Markesch blätterte hastig im Telefonbuch, bis er Enkes Privatnummer fand, und wählte. Los, Enke, dachte er, geh schon an den Apparat! Ungeduldig trommelte er mit den Fingern auf den Tresen, aber weder die Klopfzeichen noch ein hastig hinterhergeschicktes Stoßgebet änderten etwas an der Tatsache, daß Enke nicht zu Hause war.

Wahrscheinlich trieb er sich in irgendwelchen Szenekneipen herum und belastete unter dem Vorwand, den skrupellosen Drogenhändlern nachzuspüren, das Spesenkonto des Kölner Rauschgiftdezernats mit seinem ungeheuren Bierkonsum.

Markesch fluchte. Verdammt, wenn Enke etwas über Laurel und Hardy herausgefunden hatte, mußte er es vor Montag erfahren!

Später, dachte er. Keine Panik, alter Junge! Selbst ein harter Trinker wie Enke muß irgendwann nach Hause kommen — spätestens dann, wenn alle Kneipen dichtmachen.

Er wählte Hillings Nummer — und zu seiner Überraschung meldete sich Doktor Roth.

»Markesch! Endlich! Ich versuche schon seit Stunden, Sie zu erreichen! Was haben Ihre Nachforschungen ergeben? Irgendeine Spur?«

»Nicht die geringste«, log Markesch. »Tut mir leid. Ich tappe völlig im Dunkeln. Und bei Ihnen? Wie hat Hilling die Sache aufgenommen? Kann ich ihn sprechen?«

»Unmöglich«, lehnte der Doktor ab. »Er hat vor einer Stunde einen Schwächeanfall erlitten und braucht strengste Bettruhe. Aber ich soll Ihnen ausrichten, daß er Ihre Dienste nicht mehr benötigt. Stellen Sie sich vor — Angelika hat angerufen! Sie ist zwar noch in den Händen der Entführer, aber ihr geht es gut und sie wird im Lauf der nächsten Tage freigelassen!«

Markesch fehlten die Worte.

»Hallo? Sind Sie noch am Apparat? Markesch?«

»Am Apparat schon«, knurrte er, »aber ziemlich sprachlos — vor Freude natürlich. Wann hat sich Angelika gemeldet? Hat ihr Großvater mit ihr gesprochen?«

»Ja, natürlich — aber leider war die Aufregung zuviel für ihn. Ich mußte ihm eine Beruhigungsspritze geben. Trotzdem, wir sind alle überglücklich, daß diese schreckliche Geschichte ein so gutes Ende genommen hat.«

»Und die Entführer? Was ist mit den Entführern? Wollen Sie nicht die Polizei . . .«

»Der Oberst ist an einer weiteren Verfolgung der Angelegenheit nicht interessiert«, unterbrach Roth. »Ihm genügt es, daß er seine Enkelin gesund wiederbekommt. Außerdem würde eine polizeiliche Untersuchung und die damit verbundene Aufregung ein unkalkulierbares Risiko für seine Gesundheit darstellen. Das verstehen Sie doch, nicht wahr? Also, schicken Sie uns Ihre Rechnung, damit auch für Sie dieser Fall erledigt ist. Der Oberst meinte, daß zehntausend Mark durchaus angemessen sind.«

»Aber . . .«

»Tut mir leid, aber ich habe wirklich keine Zeit. Verstehen Sie doch — ich muß mich um den Oberst kümmern! Noch einmal vielen Dank für Ihre Hilfe. Und denken Sie an die Rechnung!«

Klick.

Aufgelegt.

Markesch starrte den Hörer an. Du Bastard! dachte er

halb bewundernd. Du gottverdammter Bastard! So also soll das laufen — ich werde mit einem fetten Scheck abserviert, der alte Oberst wird mit Spritzen ruhiggestellt und du steckst dir die Viertelmillion in die Tasche! Und Angelika — ja, was wird aus Angelika Hilling?

Er schmetterte den Hörer auf die Gabel, griff nach der angebrochenen Scotchflasche und stürmte hinaus in die stürmische Nacht. Sophie rief ihm irgend etwas nach, aber er hatte weder die Zeit noch die Geduld, um genau hinzuhören.

Bikshu Arupa! dachte er. Du wolltest mich sprechen? Okay, ich komme, Gemüsesaftmixer, aber dein Guru stehe dir bei, wenn du mir diesmal nicht die ganze Wahrheit sagst!

11

Das *Restaurant Löwenzahn* war wie eine stille lichte Insel im sturmgepeitschten Meer der Nacht, ein friedliches, harmonisches Biotop, in dem die schrägen Vögel des Belgischen Viertels nisteten und zu den Sphärenklängen der New-Age-Musik ihre Vollwertkörner pickten. Markesch platzte wie eine Planierraupe in diese Idylle, vom Regen durchweicht, vom Sturm zerzaust und mit Mordlust in den blutunterlaufenen Augen, aber Bikshu Arupa war nirgendwo zu sehen. Er stierte die Müslis an, die am großen Ecktisch ein wüstes Zechgelage mit diversen Gemüsesaftcocktails veranstalteten, die himmelblau uniformierten Sanyiten, die an den anderen Tischen selig lächelnd vor sich hin meditierten, und stiefelte dann zum Tresen, hinter dem das blonde Pummelchen aus der Diskothek *Krishna* stand und ein paar Kilo Karotten durch die Saftpresse jagte.

»Pa Markesch! Was für eine kosmische Freude!« rief Ma Vadenta euphorisch und winkte mit einer besonders langen Karotte, als hätte sie soeben Sigmund Freuds Abhandlung über die Phallussymbolik gelesen. »Noch immer auf der Suche nach deiner Seelenpartnerin?«

»Diesmal auf der Suche nach Bikshu Arupa«, knurrte er. »Wo steckt dieser falsche Säulenheilige?«

»Hier nicht. Er hat heute frei.« Ma Vadenta schob die Karotte in die Presse und sah zu, wie sie versaftet wurde. »Warum setzt du dich nicht und trinkst ein Glas Gemüsesaft? Um zehn mach' ich Schluß. Wir könnten dann zu mir gehen und unsere Körper der Göttin Aphrodite weihen. Ich bin wahnsinnig gut im Weihen. Das kann dir jeder bestätigen.«

»Klingt ungeheuer verlockend, aber ich habe gelobt, nur dem Gott Scotch zu dienen. Zumindest, bis ich Arupa gefunden habe. Weißt du, wo er ist?«

Ma Vadenta seufzte enttäuscht und schickte die nächste wehrlose Karotte durch die Saftpresse. »Versuch's mal bei ihm zu Hause, in der Lütticher Straße. Wenn er nicht zu Hause ist, findest du ihn wahrscheinlich im Aschram. Freitags wird im Aschram immer reinkarniert, und das läßt sich Arupa bestimmt nicht entgehen. Er ist ganz verrückt aufs Reinkarnieren.«

»Heißen Dank«, sagte Markesch und warf ihr eine Kußhand zu. »Wir sehen uns! Wenn nicht in diesem, dann bestimmt im nächsten Leben!«

Er stiefelte nach draußen. Der Sturm empfing ihn mit höllischem Brausen und stemmte sich seinen Schritten wie eine Wand aus zähem Schlamm entgegen. Aus allen Himmelsrichtungen drang das panische Sirenengeheul Dutzender Polizei- und Feuerwehrwagen, als wäre der Dritte Weltkrieg ausgebrochen, und irgendwo hinter ihm fielen kiloschwere Dachpfannen von den Häusern und zerplatzten wie Splitterbomben auf der Straße.

Er machte, daß er weiterkam, und bedauerte, daß er keine Lebensversicherung abgeschlossen hatte, aber welcher normale Mensch versicherte sich schon gegen das Leben, wenn er sich nicht einmal eine Sterbeversicherung gegen den Tod leisten konnte? Endlich, nach Stunden wie ihm schien, bog er, erschöpft wie nach einem Dreißig-Kilometer-Marsch, in die Lütticher Straße ein, und seine Versicherungsprobleme bekamen eine ganz neue Dimension.

Vor Arupas Haus standen zwei Streifen- und ein Krankenwagen mit flackerndem Blaulicht, umringt von der üblichen Hundertschaft der Gaffer und Herumtreiber, die sich bei jeder halbwegs interessanten Katastrophe einzufinden pflegten.

Arupa! dachte er.

Er begann zu laufen, obwohl er fast sicher war, daß er zu spät kommen würde.

Er drängte sich durch die Schaulustigen, hauptsächlich Sanyiten aus der Nachbarschaft, die ihr erleuchtetes Lächeln ausgeknipst hatten und so bekümmert dreinblickten, als hätten sie soeben erfahren, daß sie im nächsten Leben ein Dasein als Zahnbürste oder Wanze erwartete, und wurde dann von der gebieterischen Miene eines bulligen Polizisten gestoppt, der die dunkle Toreinfahrt zu Arupas Haus bewachte.

»Verschwinden Sie, Mann! Das Kino ist ein paar Straßen weiter. Hier gibt's nichts zu sehen.«

Markesch spähte an ihm vorbei in die Toreinfahrt. Der Polizist hatte gelogen — es gab jede Menge zu sehen: Im Innenhof drängten sich ein Dutzend Gestalten — Polizisten in Uniform, Sanitäter im weißen Kittel und Kripomänner im Trenchcoat — um einen großen blauen Klumpen, der auf den ersten Blick wie eine besonders mißratene moderne Plastik aussah. Doch auf den zweiten Blick enthüllten sich vage menschliche Umrisse, und da war auch noch das Rot auf dem regenschwarzen Boden, das Rostrot geronnenen Blutes.

Ma Vadenta hatte recht gehabt. Arupa war tatsächlich verrückt aufs Reinkarnieren — so verrückt, daß er sich mit Gewalt ins nächste Leben befördert hatte.

Einer der Trenchcoatträger sprang um die Leiche herum und fotografierte sie aus allen nur denkbaren Perspektiven. Im weißen Flackern des Blitzlichtes entdeckte Markesch unter den Kripoleuten ein vertrautes Gesicht.

»Enke!« rief er. »Was für ein verrückter Zufall!«

Kriminalkommissar Enke zuckte sichtlich zusammen. Er war ein großer, massiger Mann mit eckigem Kopf, kantigen Gesichtszügen und latenter Gewaltbereitschaft, der jede Weltmeisterschaft im Catchen allein durch sein brutales Äußeres gewinnen konnte. Widerwillig bedeutete er dem Polizisten, Markesch passieren zu lassen, und gab ihm ohne jede Begeisterung die Hand.

»Gibt es denn keinen Ort in dieser Stadt, wo man vor dir sicher ist?«

»Irgend etwas führt uns auf magische Weise immer zusammen. Starkes Karma.« Markesch deutete auf den Toten. »Was ist passiert?«

»Er ist aus dem fünften Stock gesprungen«, erklärte Enke und wies auf ein erleuchtetes offenes Fenster unter dem Dach. »Ist schon ein paar Stunden her, gegen sieben oder acht, meint der Doktor. Die Leiche wurde erst vor einer halben Stunde gefunden, von einem Passanten, der mit seinem Hund Gassi ging. Oder besser gesagt, der Köter hat ihn gefunden.«

Er lachte rauh.

»Komisches Haus, in dem die Leute aus dem Fenster hüpfen können, ohne daß die Nachbarn was merken.«

Markesch starrte Bikshu Arupas Leiche an.

Tot, dachte er. Aus dem fünften Stock gesprungen. Aber warum? Großer Gott, warum? Er hat mich doch sprechen wollen! Zum Teufel, ein Mensch springt doch nicht einfach aus dem Fenster, nur weil er mich telefonisch nicht erreichen kann!

»Kennst du ihn?« fragte Enke lauernd. »Oder hat dich wirklich nur der Zufall in diese Straße verschlagen?«

Markesch zögerte. Wenn er zugab, daß er Arupa gekannt hatte, daß der Sanyit ein wichtiger Zeuge in einem rätselhaften Entführungsfall war, würde er die halbe Nacht im Präsidium am Waidmarkt verbringen und Fragen beantworten müssen, auf die er selbst keine Antworten kannte.

So sagte er ausweichend: »Häßliche Sache. Warum hat er sich umgebracht? Und dann noch auf diese Weise?«

»Nichts für Leute mit Höhenangst«, sagte Enke, ohne seine lauernden Blicke von Markesch zu wenden. »Vielleicht war's gar kein Selbstmord; vielleicht war's ein Unfall. Wir haben den Springer in unseren Akten — Matthias Gronewold, obwohl er sich neuerdings Bikshu Arupa nannte. Vor zwei Jahren wurde er beim Dealen erwischt — mit genug Heroin, um ihn für fünf Jahre hinter Gitter zu bringen.«

Enkes Miene verdüsterte sich.

»Aber die Ratte hatte einen guten Anwalt und der Richter verurteilte ihn nur zu einer Therapie bei *Clean Life*. Schon mal gehört? Die amerikanische Methode — Entzug ohne Medikamente, Arbeiten bis zum Umfallen und ein Haufen schmutziger Psychotricks, die harte Tour. Aber offenbar nicht hart genug. Ich bin ja schon immer gegen Therapie statt Knast gewesen. Im Knast wäre er garantiert nicht aus dem Fenster gesprungen.«

»Klingt einleuchtend.« Markesch nagte an seiner Unterlippe. »Du glaubst, daß er wieder Drogen genommen hat? Daß er deshalb gesprungen oder im Heroinrausch aus dem Fenster gefallen ist?«

»Das werden wir nach der Autopsie wissen. In seiner Wohnung haben wir jedenfalls nichts gefunden. Kein Heroin, kein Fixerbesteck. Allerdings auch keinen Abschiedsbrief. Die meisten Selbstmörder schreiben Abschiedsbriefe. Das ist eine richtige Angewohnheit bei denen.« Enke rieb sich das kantige Kinn. »Aber du hast mir noch immer nicht gesagt, was dich in diese Gegend geführt hat.«

»Mein Instinkt«, log Markesch unverfroren. »Mein Instinkt hat mir verraten, daß ich dich hier finden werde. Du hast Informationen für mich? Über Laurel und Hardy?«

»Ich hab' den Computer abgefragt. Und deine Beschreibung der beiden Personen trifft exakt auf Georg Krohler und Herbert Merk alias Schorsch und Herb zu, in der Szene auch als *Duo banane* bekannt. Zwei kleine Ganoven, die zur Zeit in Ossendorf sitzen. Raubüberfall auf einen Kiosk.«

Markesch verbarg seine Enttäuschung. Verdammt, das hatte er schon von Ronnie dem Zwerg erfahren! Und das bedeutete, daß sie als Tatverdächtige endgültig ausschieden.

»Die beiden haben in den letzten Wochen mehrfach Hafturlaub bekommen«, fügte Enke hinzu. »Eine von diesen sogenannten Resozialisierungsmaßnahmen.« Aus seinem Mund klang es wie eine Obszönität. »Von Rechts wegen sollten sie eigentlich in ihren Zellen verfaulen. Aber sie haben einen cleveren Anwalt. Mit einem guten Anwalt kann man heutzutage eine ganze Stadt ausrotten und bekommt dafür höchstens ein Bußgeld wegen Ruhestörung aufgebrummt.«

Enke stieß Markesch an.

»Vielleicht wäre das auch der richtige Rechtsverdreher für dich – bei deinem Job und deinem Lebenswandel brauchst du einen Anwalt noch dringender als deine tägliche Flasche Scotch!« Er lachte freudlos. »Der Mann heißt Terjung. Merk dir den Namen. Andreas Terjung.«

Es gab Tage, an denen war das Leben auf Falltüren gebaut, die sich eine nach der anderen öffneten. Und wenn man glaubte, endlich festen Boden unter den Füßen zu haben und Licht am Ende des Tunnels zu sehen, dann verwandelte sich der Boden unversehens in Treibsand und das Licht in ein Irrlicht, das einen immer tiefer in den Sumpf der Lügen führte, aus dem es kein Entrinnen gab.

Markesch saß in der Nähe des Stadtwaldes in seinem rostigen Ford, beobachtete Terjungs luxuriöse Villa, die sich mit Mauern, Hecken und Sträuchern vom Rest Köln-Lindenthals abkapselte, und philosophierte bei einer Flasche Scotch über die unerträgliche Dreistigkeit des Scheins.

Was für ein Tag! dachte er fast bewundernd. Was für ein grauenhafter Tag!

Ein Weihnachtsmann, der sich als Kidnapper seiner Halbschwester ausgab und — Falltür Nummer eins — doch nur ein betrogener Betrüger war, ein Entführer ohne Entführte, der keine Ahnung hatte, wo Angelika Hilling steckte.

Ein Psychiater, der den selbstlosen Familientherapeuten spielte und — Falltür Nummer zwei — eine Viertelmillion Lösegeld unterschlug, mit dem eigentlich seine verschwundene Patientin freigekauft werden sollte.

Ein Cafétier, der vorgab, bis zum letzten Blutstropfen gegen die Schutzgelderpresser kämpfen zu wollen, und der — Falltür Nummer drei — sein Café bei der erstbesten Gelegenheit an den nächstbesten Spekulanten verhökerte, Sophie um ihren Job und Markesch um sein Büro brachte.

Zwei Kleinkriminelle, die angeblich in der JVA Ossendorf in einer Zelle saßen, aber — Falltür Nummer vier — jedes Wochenende Hafturlaub bekamen, um als Mafiosi getarnt die schmutzigen Geschäfte eines Immobilienspekulanten zu besorgen.

Ein Sanyit, der im Café anrief und ihn sprechen wollte und — Falltür Nummer fünf — sich dem Gespräch per Sprung aus dem Fenster entzog.

Und ein Anwalt, der als seriöser Hauskäufer auftrat und — Falltür Nummer sechs — planmäßig Terroranschläge auf das *Café Regenbogen* verübte, um den Kaufpreis um hunderttausend Mark zu drücken.

Sechs Falltüren, dachte Markesch. Das ist zuviel für einen Tag. Selbst für ein ganzes Leben ist das zuviel.

Deprimiert trank er einen Schluck Scotch und sah wieder zu der Villa hinüber. Terjung war zu Hause, aber er war nicht allein, wie die schattenhaften Gestalten hinter den zugezogenen Vorhängen verrieten. Drei Personen — die eine klein und mager, die andere groß und fett, die dritte unauffälliger Durchschnitt.

Schorsch und Herb, die Schutzgelderpresser auf Hafturlaub, und ihr sauberer Anwalt. Wahrscheinlich feierten sie ihren Erfolg. Wahrscheinlich waren sie in großartiger Stimmung.

Markesch schraubte die Whiskyflasche zu, verstaute sie im Handschuhfach und stieg aus. Ohne Eile, von einer kalten, bösen Entschlossenheit erfüllt, schritt er zum schmiedeeisernen Tor und drückte auf den Klingelknopf.

»Ja?« drang eine plärrende Stimme aus der Wechselsprechanlage. »Wer ist da?«

»Mein Name ist Markesch«, sagte er. »Ich komme vom *Café Regenbogen*. Ich soll den Kaufvertrag für das Haus abgeben.«

Kurzes Schweigen. Dann: »Den Kaufvertrag? Ich dachte, er sollte erst am Montag . . . Sie haben es ja ziemlich eilig, was? Sieht ja wie ein Panikverkauf aus!« Ein trockenes Lachen folgte. »Aber gut, natürlich. Kommen Sie herein!«

Der Summer ertönte. Markesch stieß das Tor auf und folgte dem kiesbestreuten Fußweg zur Tür. Ein mittelgroßer Mann mit schütterem Haar, nichtssagendem Gesicht und gierigen Augen öffnete ihm.

»Geben Sie den Wisch her, junger Mann«, sagte er aufgekratzt. »Ich schau' mir den Vertrag übers Wochenende an. Der Preis ist übrigens zu hoch. Ich schätze, wenn wir fünfzigtausend Mark weniger . . .«

Markesch ließ ihn in die Mündung der Magnum sehen, und was Terjung sah, schien ihm nicht zu gefallen, denn er röchelte plötzlich und wurde ganz blaß um die Nase.

»Da sind noch einige Punkte im Kaufvertrag, die unbedingt geklärt werden müssen«, sagte Markesch freundlich. »Und wie Sie sehen, habe ich mein überzeugendstes Argument gleich mitgebracht.«

Der Anwalt schluckte. Schweiß trat auf seine Stirn. »Jesus Christus!« keuchte er. »Jesus Christus! Ist das ein Überfall? Wollen Sie Geld? Ich gebe Ihnen Geld. Soviel Sie wollen! Aber schießen Sie nicht. Schießen Sie nicht!«

Er sprach immer lauter. Zweifellos, um Herb und Schorsch zu alarmieren.

»Still!« zischte Markesch. Er packte ihn am Kragen und zerrte ihn ins Haus. »Wir wollen Herb und Schorsch doch nicht die Überraschung verderben, oder? Nachher verschwinden sie noch durch die Hintertür, und wie soll ich mich dann mit ihnen über ihren Amoklauf im *Café Regenbogen* unterhalten?«

»Jesus Christus!« sagte Terjung wieder. In seinen Augen flackerte es. Allmählich schien er zu verstehen. Aber er gab nicht auf. »Wovon reden Sie überhaupt? Ich kenne keinen Herb oder Schorsch! Und von einem Amoklauf im . . .«

Markesch drückte ihm die Magnum unter das Kinn.

Terjung verstummte. Zitternd, bleich, einer Ohnmacht nahe.

Durch eine angelehnte Tür an der linken Seite der großzügigen, mit Marmorfliesen ausgelegten und teurem Tropenholz getäfelten Eingangshalle fiel Licht. Markesch hörte gedämpfte Stimmen.

»Einfach tofte, Herb, echt tofte – zehn Riesen pro Nase im Sack und 'ne baldige Haftverschonung in Aussicht! Also, ich find' das supergut, wie wir das wieder geschaukelt haben, echt supergut!«

»Secher dat«, grunzte Herb. »Han mer jot jedon. Su einfach es dat alles. E beßche Krawall – un et jibt Jeld satt.«

»Das ist Psychologie, Herb, echte angewandte Psychologie.«

Na wartet, ihr Bastarde! dachte Markesch. Ich werde euch zeigen, was Psychologie ist!

»Hören Sie«, stieß Terjung hervor, »lassen Sie uns doch vernünftig miteinander und...«

Markesch wirbelte ihn herum und schleuderte ihn gegen die Tür. Sie sprang krachend auf. Terjung rutschte bäuchlings über den glatten Fliesenboden, prallte mit dem Kopf gegen einen schweren Ledersessel und blieb benommen liegen.

»Do leever Jott!« grunzte Herb.

»Ham Sie sich weh getan, Anwalt?« fragte Schorsch.

Dann entdeckten sie Markesch. »Scheiße, der Komiker!« schrie Schorsch. »Der Komiker aus dem Café! Mach' ihn platt, Herb!«

Herb grunzte begeistert, als hätte er schon seit Jahren keinen Menschen mehr plattgemacht, und walzte wie ein Panzer durch das Zimmer.

»Noch einen Schritt, Riesenbaby, und du ziehst dir eine

akute Bleivergiftung zu«, sagte Markesch sanft. »Und das wäre doch echt unschön, oder?«

»Oh, Scheiße, er hat eine Wumme!« stöhnte Schorsch. Anklagend drehte er sich zu Terjung um. »Wieso hat der Komiker eine Waffe? Wieso ist der überhaupt hier? He, Anwalt, das find' ich aber gar nicht gut, daß Sie uns so verladen! Das find' ich sogar echt beschissen!«

Terjung ächzte nur.

Herb, der drüsenkranke Gorilla, hatte noch immer einen Fuß erhoben, in der Bewegung erstarrt, als hätte sein kleines, träges Gehirn die Situation noch nicht völlig verarbeitet. Er grunzte verwirrt.

»He, Sportsfreund!« sagte Schorsch und grinste Markesch frech an. »Sie wollen doch nicht wirklich auf uns schießen, oder? Das könnte 'ne echte Tragödie werden! Warum trinken wir nicht was zusammen? Ich meine, wir sind doch vernünftige Menschen, oder? Man muß sich doch nicht gleich gegenseitig umbringen, stimmt's? Außerdem können wir alles erklären! Echt, Sportsfreund, mein Wort drauf! Verdammt, Anwalt, sagen Sie doch auch mal was!«

»Jesus Christus!« sagte Terjung. Er rieb sich den Kopf und sah ängstlich zu Markesch auf. »Stecken Sie doch die Waffe weg. Machen Sie sich nicht unglücklich, Mann!«

»Genau!« stimmte Schorsch eifrig zu. »Wir werden uns bestimmt einigen. Wir reden und ...«

»Hinsetzen«, befahl Markesch kalt und wies mit der Magnum auf die breite Ledercouch, die groß genug war, um eine ganze Fußballmannschaft aufzunehmen. »Alle. Sie auch, Terjung.«

Schorsch war so schnell auf der Couch, als hätte er seinen persönlichen Lebensfilm vorübergehend auf Zeitraffer geschaltet. Terjung rappelte sich ächzend auf, ging ächzend durch das Zimmer und ließ sich ächzend neben ihm nieder, wo er demonstrativ weiter ächzte. Nur Herb, das Riesenbaby, blieb an seinem Platz stehen und schien noch immer Schwierigkeiten zu haben, die neue Lage auch nur in ihren Umrissen zu erfassen.

»He, Herb«, sagte der Kleine nervös, »komm her, Herb. Es ist echt besser, wenn du dich zu uns setzt.« Er warf Markesch einen beifallheischenden Blick zu.

»Stimmt's, Sportsfreund? Es ist doch besser, oder? Ich meine, dann können wir friedlich rumsitzen, rumlabern und Rum trinken, und das wäre doch 'ne supergute Sache!«

»Klar erkannt«, bestätigte Markesch, völlig zufrieden mit sich und der Entwicklung der Dinge. »Los, Herb, zu den anderen Hühnern auf die Stange!«

Herb gehorchte grunzend.

»Bist ein braves Riesenbaby«, lobte Markesch. Er trat an die offene Bar, angelte eine Flasche Scotch heraus und goß sich gelassen einen Drink ein. »Wie ich bereits sagte, gibt es einige Punkte im Kaufvertrag, die dringend geklärt werden müssen.«

»Tatsächlich?« sagte Terjung wenig enthusiastisch. »Wieso?«

»Da haben wir zum Beispiel das Problem der Entschädigung.«

»Was für eine Entschädigung? Wovon reden Sie überhaupt?«

»Von der Entschädigung, die fällig wird, wenn eine der Parteien vom Kaufvertrag zurücktritt«, erläuterte Markesch geduldig.

»Äh, Sie wollen also vom Kaufvertrag zurücktreten?« fragte Terjung perplex. »Deshalb dringen Sie schwerbewaffnet in mein Haus ein und bedrohen mich und meine

Gäste mit dem Tod? Aber der Vertrag ist doch noch gar nicht unterschrieben!«

Markesch nickte bekümmert. »Eben. *Deshalb* bin ich schwerbewaffnet in Ihr Haus eingedrungen und bedrohe Sie und Ihre Gäste mit dem Tod. Wie soll ich denn sonst eine Entschädigung kassieren?«

»Sie wollen also Geld«, krächzte Terjung. »Okay. Wieviel verlangen Sie?«

Markesch nippte an seinem Whisky. Es war ein guter Tropfen. »Lassen Sie mich nachdenken ... Da sind die Renovierungskosten für das Café, der Verdienstausfall, das Schmerzensgeld, mein Honorar, der Schlechtwetterzuschlag ... summa summarum komme ich auf dreißigtausend Mark.«

Er lächelte breit.

»Und das ist doch echt geschenkt, nicht wahr?«

Der Anwalt keuchte. »Dreißigtausend ...!«

»Und zwar sofort«, präzisierte Markesch. »In bar.«

»Sind Sie wahnsinnig? Glauben Sie im Ernst, ich habe soviel Bargeld im Haus?«

»Ich könnte natürlich auch zur Polizei gehen und Sie und Ihre beiden Armleuchter wegen räuberischer Erpressung anzeigen. Dann können Sie zu Schorsch und Herb in die Zelle ziehen und die nächsten Jahre Tüten kleben.«

»Das find' ich aber verdammt rücksichtslos, Sportsfreund«, mischte sich Schorsch aufsässig ein. »Was sollen Herb und ich denn mit einem Anwalt, der im Knast sitzt? Und dazu noch in unserer Zelle?«

»Halt den Mund, verdammt!« fauchte Terjung. »Überlaß das Reden mir!« Er straffte sich und funkelte Markesch höhnisch an. »Sie wollen mich anzeigen? Wirklich? Nur zu! Versuchen Sie es! Der einzige, der hier eine Anzeige zu fürchten hat, das sind Sie — Hausfriedensbruch, Körperverletzung, räuberische Erpressung ... na, wie finden Sie das?«

Er grinste selbstzufrieden.

»Los, Mann, zeigen Sie mich an! Worauf warten Sie? Vielleicht auf ein paar Beweise? Sie haben keine Beweise! Es steht Aussage gegen Aussage, und als Anwalt kann ich Ihnen garantieren, daß Sie an einem Prozeß keine Freude haben werden.«

»So etwas Ähnliches habe ich schon einmal gehört — allerdings aus dem Mund eines sizilianischen Betonschuhfabrikanten. Es war nicht besonders clever von Ihren beiden Freunden, sich als Vertreter der Kölner Schutzgeldmafia auszugeben. Die netten Herren von der Betonschuhfabrik waren gar nicht erfreut darüber. Sie waren sogar ausgesprochen verärgert. Können Sie sich vorstellen, was passiert, wenn sie erfahren, wer ihren Namen mißbraucht hat?«

»He, Sportsfreund, das ist doch ein Bluff, oder?« sagte Schorsch. Er lachte, wie um sich selbst Mut zu machen. »Klar, das muß ein Bluff sein! Ganz schön gerissen, aber nicht gerissen genug!«

»Kein Bluff«, schüttelte Markesch den Kopf. »Ronnie der Zwerg hat mir den Kontakt vermittelt. Ihr kennt doch Ronnie, nicht wahr?«

Schorschs käseweißes Gesicht wurde grau.

»Do leever Jott!« grunzte Herb. »Dä Schluffe dät verhaftich Ronnie kenne!«

»Der Kerl blufft doch!« schrie Terjung. »Laßt euch von dem nicht einwickeln! Alles Bluff!«

»Sie haben die Wahl«, sagte Markesch kalt. »Entscheiden Sie sich. Jetzt. Das Geld — oder ein netter Besuch von der Mafia.«

»Oh, Scheiße!« sagte Schorsch besorgt. »Wenn das

stimmt... Sie müssen zahlen, Anwalt! Verdammt, begreifen Sie denn nicht? Der Sportsfreund meint es ernst! Und mit diesen Mafiatypen ist nicht zu spaßen. Wenn Sie nicht zahlen, sind wir morgen alle tot.«

»Ich denk' nicht dran!« schrie Terjung. »Dreißigtausend! Lächerlich! Von diesem Mafiagerede laß ich mich doch nicht...« Er brach ab. Nervös verfolgte er, wie Markesch zum Telefon ging. »He, was machen Sie da? Was haben Sie vor?«

»Telefonieren«, erklärte Markesch und nahm den Hörer ab. »Oder dachten Sie, ich wollte duschen? Die Herren von der sizilianischen Betonschuhfabrik warten schon ungeduldig auf meinen Anruf.«

Er klemmte den Hörer zwischen Kinn und Schulter und begann zu wählen.

»Warten Sie! Zum Teufel, so warten Sie doch!« Terjung wischte sich den Schweiß von der Stirn. »Okay, ich gebe Ihnen Geld. Ich gebe Ihnen Ihre verdammten Dreißigtausend, okay? Aber damit ist die Sache erledigt, verstanden? Keine Polizei, keine Mafia. Sie lassen uns in Ruhe und wir lassen Sie in Ruhe. Okay?«

»Klingt nach einer vernünftigen Abmachung«, stimmte Markesch zu.

»Ich hole das Geld«, erklärte Terjung und stand langsam auf. »Es ist im Wandsafe, hinter dem Bild.« Er deutete auf ein besonders abschreckendes Beispiel moderner Kunst, einer konturlosen Mischung aus Suizidgelb und Depressionsgrau, die wie ein gerahmter Schmutzfleck an der Wand hing. »Ich hole das Geld und Sie verschwinden.«

Markesch folgte ihm, ließ aber Schorsch und Herb nicht aus den Augen. Terjung schob das Bild zur Seite, legte den Safe frei und drehte am Kombinationsschloß.

Mit einem Klicken sprang die Tür auf. Terjung griff hinein. Seine Nackenmuskulatur spannte sich. Dann riß er den Arm wieder heraus, und in seiner Hand blitzte eine kleine, bösartig aussehende Pistole.

»Das sollten Sie nicht tun«, sagte Markesch und drückte ihm die Magnum in den Nacken. »Waffen machen mich nervös, und wenn ich nervös bin, zuckt mein Zeigefinger, und wenn mein Zeigefinger zuckt, haben Sie ein großes, häßliches Loch im Hinterkopf, und das würde Ihnen gar nicht gefallen.«

Mit einer gemurmelten Verwünschung ließ Terjung die Pistole fallen und holte statt dessen drei Bündel Tausendmarkscheine aus den unergründlichen Tiefen seines Geldschranks. Markesch hob die Pistole auf und steckte sie mit den Geldscheinbündeln ein.

»Heißen Dank, Meister«, sagte er und grinste. »Noch ein paar Geschäfte dieser Art, und ich kann mich zur Ruhe setzen.«

Terjung schlurfte deprimiert zur Couch zurück.

»He, Sportsfreund!« rief Schorsch. »Haben Sie was dagegen, wenn wir jetzt gehen? Wir haben 'ne Verabredung — mit ein paar scharfen Weibern, Sie verstehen — und es wäre doch echt schade, wenn wir die verpassen würden, nicht wahr?«

»Sicher«, sagte Markesch großzügig. »Aber da ist noch ein kleines Problem.«

»Ein Problem?« Schorsch schluckte und nestelte nervös an seinem Kragen. »Was denn für 'n Problem? Sie haben Ihre Kohle doch! Was kann es denn dann noch für Probleme geben? Ich dachte, es wäre alles klar! Das dachte ich echt!«

»Das Problem ist euer Amoklauf im *Café Regenbogen*, Schorsch. Diese schreckliche Verwüstung. All das zertrümmerte Mobiliar, die eingeschlagenen Fensterscheiben... Das war nicht nett von euch, das war sogar ausgesprochen unschön.«

»Tscha, Sportsfreund, also, das tut uns auch echt leid. Wirklich. Ich weiß auch nicht, wie das passieren konnte. Muß irgendwie über uns gekommen sein. Natürlich entschuldigen wir uns. He, Herb, wir entschuldigen uns doch, nicht wahr?«

»Un dat nit zo knapp«, grunzte Herb beflissen.

»Aber mit Worten allein ist es nicht getan, Freunde«, sagte Markesch fröhlich. »Den Worten müssen Taten folgen — legt noch pro Nase zehntausend Mark auf die Entschuldigung drauf, und alles ist vergeben und vergessen. Na, das ist doch ein echt großzügiges Angebot, was?«

Schorsch riß den Mund auf, brachte aber nur unartikulierte Laute hervor. Herb grunzte so entsetzt wie ein Mastschwein am Schlachttag.

»Zehn Riesen?« kreischte Schorsch schließlich. »Woher sollen wir denn zehn Riesen nehmen? Sehen wir aus, als hätten wir zehn Riesen in der Tasche? Wir sind doch arme Knackis, Alter, total abgebrannte Knackis!«

Terjung lachte häßlich. Offenbar gefiel ihm der Gedanke, daß er nicht der einzige sein würde, der für die Zerstörung des Cafés zahlen mußte. »Rück das Geld ruhig raus, Herb«, sagte er mit unüberhörbarer Schadenfreude. »Es hat keinen Zweck. Er weiß sowieso Bescheid. Er hat mitbekommen, wie ihr euch über euer Honorar unterhalten habt. Er weiß, daß jeder von euch zehntausend Mark in der Tasche hat.«

Schorsch und Herb sahen Terjung an, als wollten sie ihn erschlagen, dann Markesch, dann die Magnum in Markeschs Hand. Die Magnum überzeugte sie. Resignierend warfen sie ihren Verbrecherlohn auf den Tisch. Pfeifend sammelte Markesch das Geld ein und ließ sich die gute Laune auch nicht durch die Blicke verderben, die ihm das Trio zuwarf, Blicke voller Haß und Mordlust.

Sie waren lausige Verlierer.

Dabei hatten sie noch verdammtes Glück gehabt. Manche Verlierer endeten mit einem maßgefertigten Betonschuh auf dem Grund des Aachener Weihers. Andere sprangen im fünften Stock aus dem Fenster. So gesehen waren die drei sogar Gewinner.

Aber manche Leute, dachte Markesch, sind eben nie zufrieden.

In seiner Tasche knisterten die fünfzigtausend hart, aber ehrlich verdienten Deutsche Mark. Das Knistern hörte sich gut an. Irgendwie versöhnlich, irgendwie ...

Weihnachtlich, dachte er. Es hört sich tatsächlich weihnachtlich an.

Pfeifend ging er hinaus in den Sturm.

12

»Ich faß' es nicht!« sagte Archimedes zum hundertsten Mal. »Ich faß' es nicht, ich faß' es nicht, ich faß' es einfach nicht!«

Es klang wie ein Mantra.

Markesch lehnte sich in seinem Besucherstuhl zurück und beobachtete wohlwollend, wie der Grieche in den Tausendmarkscheinen wühlte, die wie große müde Schmetterlinge auf seiner Bettdecke lagen. Durch das Fenster fiel das klare Sonnenlicht eines erstaunlich schönen Samstagmorgens, von keiner Regenwolke und keiner Sturmfront getrübt.

»Fünfundzwanzig Riesen!« sagte der Grieche. »Ich faß' es nicht. Aber wie hast du das geschafft?« Er warf ein paar Geldscheine in die Luft und verfolgte fasziniert, wie sie durch das Krankenzimmer flatterten. »*Malaka*, du hast doch nicht etwa zu irgendwelchen illegalen Methoden gegriffen, oder?«

»Alles nur eine Frage der richtigen Verhandlungsstrategie«, erklärte Markesch. »Dynamik, Überzeugungskraft, Zähigkeit. Das ist das ganze Geheimnis.«

»Und du bist sicher, daß das Café in Zukunft von Anschlägen und unerfreulichen Besuchen verschont bleibt?« Archimedes kniff in einem Anflug von Mißtrauen die Augen zusammen. »Du willst mich doch nicht mit diesem unverhofften Geldsegen beruhigen, und morgen geht eine Bombe im *Regenbogen* hoch, oder?«

»Keine Sorge. Laurel und Hardy werden es nicht einmal wagen, an das Café auch nur zu denken, und Terjung hat jedes Interesse an weiteren Immobiliengeschäften verloren. Das Café ist gerettet, die Gerechtigkeit hat triumphiert und jeder von uns hat fünfundzwanzig Riesen in der Tasche.«

Er rieb sich die müden Augen.

»Unter diesen Umständen hätte es keinen Sinn, den Anwalt und die beiden Armleuchter anzuzeigen. Sie haben für ihre Verbrechen in harter Deutschmark bezahlt.«

»Ganz deiner Meinung«, stimmte Archimedes sofort zu. »Unter diesen Umständen fühle ich mich auch spontan geheilt.« Um seine Worte zu bekräftigen, sprang er aus dem Bett und rannte zum Kleiderschrank. »Es ist zwar keine schlechte Klinik – gutes Essen, kompetente Ärzte und einfühlsame Krankenschwestern, die die Pflege der Patienten noch ernst nehmen – aber ich habe das Gefühl, daß ich im Café dringender gebraucht werde.« Er schlüpfte aus seinem seidenen Schlafanzug und zog sich an. Plötzlich hielt er inne. »Andererseits kassiere ich pro Tag dreihundert Mark Krankenhaustagegeld. Vielleicht sollte ich doch noch eine Weile bleiben. Schon um die einfühlsamen Krankenschwestern nicht zu enttäuschen.«

Markesch warf ihm einen schrägen Blick zu, stand auf und trat ans Fenster. In der Ferne verdunkelte sich der Himmel. Offenbar zog eine neue Sturmfront herauf.

»Was ist mit Roth?« fragte er. »Hast du etwas herausgefunden?«

»Jede Menge«, nickte der Grieche. »Er hat in München studiert und promoviert, ist Anfang der achtziger Jahre in die Staaten gegangen und hat dort bei einigen Rehabilitationsprojekten für Drogensüchtige gearbeitet. Vor vier Jahren kam er nach Deutschland zurück und gründete ein eigenes Therapiezentrum nach amerikanischem Vorbild. Die Junkies werden dort nach der Cold-Turkey-Methode entgiftet, ohne Medikamente. Nach dem Entzug dürfen sie bis zum Umfallen schuften und werden gleichzeitig einer Art Gehirnwäsche unterzogen – Konditionierung nennt das der Fachmann. Die alte, drogenabhängige Persönlichkeit wird zerstört und durch eine neue, drogenfreie ersetzt. Die Konditionierungstherapie ist ziemlich umstritten, aber bei den Richtern kam sie gut an. Das Therapiegeschäft florierte, doch vor einem halben Jahr kam es zu ein paar häßlichen Zwischenfällen – zwei Selbstmorde von Junkies, die die harte Tour nicht verkraften konnten. Es gab einen Riesenwirbel in der Presse und massive Kritik anderer Drogentherapeuten an dem Gehirnwäscheprogramm. Die Richter hielten sich zurück, der Nachschub an Junkies kam ins Stocken, die Zahlungen der Krankenkassen blieben aus und Doktor Roths famoses profitorientiertes Therapiezentrum geriet in die roten Zahlen.«

»Wie rot?« fragte Markesch.

»So rot, daß es selbst einem Farbenblinden auffallen würde. Der gute Doktor ist so pleite, wie ein Mensch nur sein kann. Wenn kein Wunder mehr geschieht, wird er in ein paar Wochen Konkurs anmelden müssen und mit einem Schuldenberg von der Höhe des Mount Everest dastehen.«

Markesch wandte sich vom Fenster ab. »Und wo liegt dieses Therapiezentrum?«

»Im Oberbergischen, nicht weit von Untereschbach. Es heißt *Clean Life*.«

Und die nächste Falltür öffnete sich.

Clean Life, dachte Markesch. Wo auch Bikshu Arupa seine Therapie gemacht hat. Aber Arupa ist tot. Keine sehr erfolgreiche Therapie, Doc, wirklich nicht.

Dann kam ihm ein anderer Gedanke, ein Gedanke, der Arupas Sprung aus dem fünften Stock in einem völlig neuen Licht erscheinen ließ.

Angelika Hilling mußte Arupa im *Clean Life* kennengelernt haben, während ihrer eigenen Therapie wegen Alkohol- und Tablettenmißbrauchs. Aber der Sanyit hatte berichtet, daß sie bei ihrer Ankunft in Köln noch immer Suchtprobleme gehabt hatte. Vielleicht hatte er ihr helfen wollen und Roth informiert. Und vielleicht hatte Roth sie zurück ins Therapiezentrum geholt... Natürlich! Ein besseres Versteck als ein von der Außenwelt abgeschottetes Entzugslager für Drogensüchtige konnte es gar nicht geben! Und damit Arupa über die Angelegenheit schwieg, hatte er von Roth Geld bekommen oder war von ihm unter Druck gesetzt worden, mit der Drohung, ihn wieder der Justiz zu übergeben, wenn er auspackte.

Aber warum wollte Roth verhindern, daß jemand von Angelikas Rückkehr ins Therapiezentrum erfuhr? Warum durfte es nicht einmal ihr eigener Großvater erfahren, der im Sterben lag?

Im Sterben...

Und Angelika war Alleinerbin.

Alleinerbin eines Vermögens von mehreren Millionen Mark. Während Doktor Eugen Roth bis zu den Haarspitzen in Schulden steckte. Und jetzt war dieses Goldkind in seinem gottverdammten Junkielager, ihm völlig ausgeliefert.

›Nach dem Entzug werden sie einer Gehirnwäsche unterzogen‹, hatte Archimedes gesagt. ›Konditionierung nennt das der Fachmann. Die alte, drogenabhängige Persönlichkeit wird zerstört und durch eine neue, drogenfreie ersetzt.‹

Gehirnwäsche, dachte Markesch. Großer Gott! Das ist es. Das muß die Erklärung sein! Er unterzieht Angelika einer Gehirnwäsche, macht sie zu seinem willenlosen

Werkzeug, und dann gehört das Hillingsche Vermögen ihm!

Und fast hätte es auch geklappt.

Fast.

Hätte er nicht die Viertelmillion Lösegeld unterschlagen, hätte ich nie Verdacht geschöpft. Und jetzt, wo Bikshu Arupa tot ist, gibt es auch keinen Mitwisser mehr, der verraten könnte, wo Angelika...

»Himmel!« sagte er laut.

Archimedes sah ihn besorgt an. »He, du siehst aus, als wäre dir soeben ein Gespenst über den Weg gelaufen!«

O Gott! dachte Markesch verzweifelt. Arupa! Ich habe Roth gesagt, daß ich Arupa für den Entführer halte, daß ich ihn mir noch einmal vornehmen will. Roth mußte befürchten, daß Arupa schwach würde und redete — vielleicht hat Arupa mich deshalb sprechen wollen. Vielleicht hat er Bedenken bekommen, wollte alles verraten, und Roth wußte es. Und während ich bei Boruschka war, hat er Arupa aufgesucht und aus dem Fenster gestürzt.

Das erklärt auch, warum die Polizei keinen Abschiedsbrief gefunden hatte. Es war kein Unfall gewesen, kein Selbstmord — sondern Mord.

Kaltblütiger Mord.

»Ich muß telefonieren«, sagte er heiser. »Sofort.«

Archimedes deutete auf das Telefon. »Bediene dich. Zahlt alles die Krankenkasse. Wen willst du anrufen? Sophie? Um ihr zu sagen, daß sie ihren Job doch nicht verliert?«

»Nicht Sophie. Sondern die Polizei«, sagte Markesch.

Er nahm den Hörer ab und wählte Enkes Privatnummer. Er mußte es lange klingeln lassen, bis am anderen Ende der Hörer abgehoben wurde. Aber er wurde abgehoben. Und Kriminalkommissar Enke war sehr interessiert an dem, was Markesch zu sagen hatte.

Das Therapiezentrum Clean Life lag in einem langgestreckten Tal, das nicht einmal eine halbe Autostunde vom Haus der Hillings entfernt war. Die Hänge waren dicht bewaldet, als hätte das Waldsterben an den Hügelkämmen haltgemacht, und ein fast schon verdächtig sauberer Bach schlängelte sich entlang der kurvenreichen Zufahrtstraße durch die fast unberührte Landschaft und verschwand kurz vor einem hohen Metallgitterzaun, der die Weiterfahrt versperrte, im Unterholz.

Das Tor war geschlossen und wurde von einem mürrisch dreinschauenden Mann bewacht, der es an Größe und Häßlichkeit ohne weiteres mit Herb, dem Riesenbaby, aufnehmen konnte. Im Hintergrund sahen einige Häuser zwischen hohen, dicht an dicht stehenden Nadelbäumen hervor, Fachwerkgebäude und umgebaute Scheunen. Auf einer Wiese direkt am Zaun waren ein Dutzend junge Leute damit beschäftigt, schwere Steine von einer Seite zur anderen zu schleppen, eine Tätigkeit, die in ihrer perfiden Sinnlosigkeit jedem Strafbataillon zur Ehre gereicht hätte.

Vermutlich Teil der Rothschen Arbeitstherapie, dachte er. Kein Wunder, daß die Patienten reihenweise Selbstmord begingen. Steineschleppen statt Heroin. Das wird Enke bestimmt gefallen.

Er ließ den Wagen bis dicht vor das Tor rollen und kurbelte das Seitenfenster hinunter.

»Was wollen Sie?« fragte der Torwächter mit der Freundlichkeit eines Dampfhammers. »Das hier ist Privatbesitz. Sie können hier nicht durch. Und wenn Sie einen von den Patienten besuchen wollen, können Sie das gleich vergessen. Besuch ist keiner erlaubt.«

»Ich habe eine Verabredung mit Doktor Roth. Ich komme vom Landschaftsverband Rheinland. Es geht um die Zuschüsse, die er beantragt hat. Der Chef hat sie endlich genehmigt, und ich brauche vom guten Doktor ein paar Unterschriften, damit die Millionen überwiesen werden können.«

Markesch schenkte ihm ein zähnebleckendes Grinsen.

»Aber wenn es Ihnen nicht paßt, verschwinde ich wieder. Kein Problem. *Mir* ist es völlig egal, ob der gute Doktor pleite geht und Sie Ihren Job verlieren. Ich bin nur der Bürobote.«

Er legte demonstrativ den Rückwärtsgang ein.

»He, warten Sie!« Der Koloß fuchtelte nervös mit den baumstammdicken Armen. »Ich konnte doch nicht wissen, daß Sie wegen dem Geld kommen. Das ist ja großartig, einfach wundervoll! Ich öffne sofort das Tor!«

Das Tor schwang auf, und Markesch gab Gas.

»Doktor Roth ist im Hauptgebäude«, rief ihm der Koloß nach. »Die Straße führt direkt hin. Sie können's gar nicht verfehlen!«

Markesch winkte, passierte die steineschleppenden Exjunkies und erreichte hinter der nächsten Biegung ein frisch gekalktes Fachwerkhaus mit einem angeberischen Schild aus goldbedampftem Metall an der Tür:

Clean Life – Therapiezentrum – Ärztehaus.

Vor dem Haus parkte Roths feuerwehrroter Porsche.

Als er aus dem Wagen stieg, schwang die Tür auf und Doktor Roth erschien auf der Schwelle, so unerträglich gesund wie immer, in einem weißen Ärztekittel und mit saloppen Nike-Sportschuhen an den Füßen. Eine Mischung aus Verblüffung, Schrecken und Ärger huschte über sein Gesicht und verschwand eine Sekunde später unter der Maske eines professionellen Lächelns.

»Markesch! Was führt Sie denn hierher? Warten Sie – natürlich, Sie wollen Ihren Scheck abholen!«

»Ich dachte, Hilling würde mich bezahlen.«

»Sicher, aber Sie wissen doch, daß der Oberst schwer krank ist. Keine Sorge, ich habe eine Vollmacht.« Er lachte nervös. »Irgend jemand muß sich schließlich bis zu Angelikas Rückkehr um alles kümmern. Kommen Sie mit in mein Büro. Ich schreibe Ihnen den Scheck sofort aus und . . .«

Roth brach ab.

»Warum sehen Sie mich so an?« fragte er irritiert.

»Ich habe den Koffer«, sagte Markesch.

»Den Koffer? Welchen Koffer?«

»Sie hätten die Viertelmillion nicht unterschlagen sollen, Doktor. Es war nicht klug, all das viele Geld gegen Zeitungspapier auszutauschen. Wirklich nicht.«

Roth begann zu schwitzen. »Ich verstehe kein Wort!« behauptete er dreist. »Wovon reden Sie überhaupt?«

»Und es war auch nicht klug, ihren ehemaligen Patienten Matthias Gronewold alias Bikshu Arupa aus dem Fenster zu stürzen.« Markesch schüttelte tadelnd den Kopf. »So etwas nennt man Mord, und Mord sieht die Polizei gar nicht gern.«

»Sie . . . Sie müssen wahnsinnig sein! Wie können Sie es wagen, eine so ungeheuerliche Unterstellung . . .«

Markesch packte ihn am Kragen seines Ärztekittels. »Es ist aus, Doktor«, zischte er. »Aus, verstehen Sie? Ich bin hier, um Angelika zu holen. Sie ist hier. Ich weiß es. Und Sie werden mich jetzt zu ihr führen, oder bei Gott, ich schlage Ihnen den Schädel ein. Haben Sie das verstanden? Ob Sie das verstanden haben?«

Roth begann zu zittern.

Er zitterte am ganzen Körper, er bebte, er schlotterte. Es war, als würden sich die Verspannungen und Verbiegungen eines ganzen Lebens in dieser einen Sekunde Bahn brechen. Sein soeben noch so rosiges, vor Gesundheit strotzendes Gesicht war jetzt fahl, verkrampft, um Jahre gealtert. Und in seinen Augen...

Markesch fröstelte.

Er ist verrückt, dachte er. Großer Gott, er ist wahnsinnig!

»Sie verstehen das nicht«, flüsterte Roth. »Mann, Sie verstehen einfach nicht, um was es geht! Angelika ist krank. Krank. Begreifen Sie? Alle hier sind krank. Die Drogen haben ihren Verstand zerfressen, die Drogen haben sie zerstört, und ich bin der einzige, der sie retten kann. Ich merze alles Kranke in ihnen aus, ich merze das Kranke und Verfaulte und Verrottete in ihnen aus und mache neue Menschen aus ihnen. Sie kommen tot hierher und ich gebe ihnen das Leben zurück. Aber es gibt so viele Neider, wissen Sie, so viele, die nichts verstehen, die mich vernichten wollen, mein Werk zerstören...«

»Sagen Sie das nicht mir«, knurrte Markesch. »Schreiben Sie ein Buch darüber, wenn Ihnen das hilft. Ich bin an Ihrer Geschichte nicht interessiert. Ich will Angelika. Wo ist sie?«

»Sie wollen Angelika?« sagte Roth. Er atmete schwer, keuchend, wie ein alter Mann. »Aber Angelika ist krank. Ich muß sie heilen. Alles zerstören, was krank ist, und ihr dann neues Leben einhauchen.«

»Sicher. Und nebenbei erleichtern Sie sie um ihr Erbe. Und dann? Wollten Sie sie auch umbringen? Wie Arupa?«

»Ich habe ihn nicht umgebracht!« schrie Roth. Er wand sich in seinem Griff, aber Markesch hielt ihn unerbittlich fest. »Ich wollte doch nur mit ihm reden! Reden, verstehen Sie? Ich habe ihn gepackt und geschüttelt, nur geschüttelt, damit er endlich zuhört, und er riß sich los, riß sich einfach los, und da war das offene Fenster... Er stand zu nah am Fenster, verdammt, viel zu nah am Fenster! Ich wollte ihn nicht töten! Ich wollte ihm nur Angst machen, nur Angst...!«

»Das können Sie alles der Polizei erzählen. Ich will jetzt wissen, wo Angelika ist. Sagen Sie es mir!«

»Sie ist... im Haus drei. Am Ende des Weges. Sie ist im Haus drei. Sie ist ein schwerer Fall. Schwere Fälle gehören ins Haus drei. Sie können sie nicht mitnehmen! Sie ist...«

Markesch ließ Roth los und rannte den Weg hinunter. Er hatte kaum zehn Schritte zurückgelegt, als hinter ihm ein Motor aufheulte und Roths Porsche mit quietschenden Reifen davonschoß, dem Tor entgegen. Aber er drehte sich nicht um. Roth würde nicht weit kommen. Dafür hatte er mit seinem Anruf bei Kommissar Enke gesorgt.

Er erreichte das Ende des Weges.

Haus drei mußte einst ein kleiner Stall gewesen sein, kaum größer als eine Garage. Es gab eine Tür, durch ein schweres Vorhängeschloß gesichert, und ein vergittertes Fenster mit undurchsichtiger Scheibe.

Zorn kochte in ihm hoch. Eingesperrt wie ein Tier.

Er rüttelte an der Tür, aber das Schloß gab nicht nach.

»He, Sie! Sie da! Was machen Sie da?«

Er fuhr herum. Ein Pfleger stürmte mit wehendem weißen Kittel auf ihn zu.

»Sind Sie verrückt? Sie können da nicht rein! Das ist

die Isolierstation! Wer sind Sie überhaupt? Wie kommen Sie...« Der Mann keuchte und starrte entsetzt auf die Magnum in Markeschs Hand. »Großer Gott!«

»Haben Sie den Schlüssel zu der Tür?« herrschte ihn Markesch an. »Den Schlüssel! Antworten Sie!«

Der Pfleger nickte. Er war aschfahl.

»Öffnen Sie!«

Der Mann gehorchte. Markesch stieß ihn zur Seite und riß die Tür auf. Ein Raum, ganz in weiß, klinisch weiß, selbst das vergitterte Fenster war von innen weiß gestrichen. Kein Halt für das Auge. Nur das weiße Nichts. An einer Seite ein schmales Bett, ebenfalls weiß.

Und auf dem Bett Angelika Hilling.

Sie sah dünner aus als auf dem Foto. Ihre Haare waren länger. Und der trotzige Zug um ihren Mund fehlte. Aber es war unzweifelhaft Angelika Hilling. Sie sah ihn an, teilnahmslos, gleichgültig, und bewegte sich nicht.

»Angelika!« sagte er.

Sie hatte lange warten müssen, aber er hatte sie gefunden.

»Ich bin gekommen, um dich nach Hause zu bringen, Angelika. Ich bin Markesch, Privatdetektiv. Dein Großvater hat mich beauftragt, dich zu suchen. Er macht sich Sorgen um dich. Komm, Angelika. Niemand wird dich aufhalten. Gehen wir. Dein Großvater erwartet dich.«

Sie sah ihn an, mit ihren großen Augen, und einen Moment lang hoffte er, daß sie aufspringen und in seine Arme fliegen würde, mit heißen Küssen und süßen, romantischen Dankesworten für den Retter, der sie aus diesem Verlies befreite, und es wäre wirklich kein schlechtes Ende gewesen, weiß Gott nicht, und wohlverdient dazu.

Aber sie blieb sitzen und sagte nichts.

Nicht ein einziges Wort.

Und ihre großen Augen, die auf dem Foto so dunkel und voller Leben gewesen waren, blieben blank wie die weiße Wand. Er seufzte, trat auf sie zu, bückte sich und hob sie vom Bett. Dann trug er sie hinaus und über den schmalen Weg zu seinem rostigen Ford.

Erst als er die Autotür öffnete, begann sie zu weinen.

Er konnte nur hoffen, daß es Tränen der Freude waren – und nicht Tränen der Trauer über den desolaten Zustand seines Wagens. Aber groß war seine Hoffnung nicht.

Wirklich nicht.

ENDE

Band 19 560
Petra Hammesfahr
Wer zweimal lebt, ist nicht unsterblich
Deutsche Erstveröffentlichung

Als Eva nach neun Monaten Ehe verschwindet, erfährt Manfred Lüders von der Polizei, mit wem er verheiratet war. Eva, eine hochkarätige Wissenschaftlerin, die des Landesverrats verdächtigt wird? Eva, die ihn nur geheiratet haben soll, damit sie mit seinem Namen ein Doppelleben führen konnte? Lüders kann es nicht glauben. Auch Kommissar Dietrich hat Zweifel. Aber beide fragen sich, wer der Mann war, mit dem Eva zuletzt gesehen wurde. Manfred Lüders denkt an einen Freund oder – Liebhaber, der Kommissar dagegen an den Mörder ...

Sie erhalten diesen Band im Buchhandel, bei Ihrem Zeitschriftenhändler sowie im Bahnhofsbuchhandel.